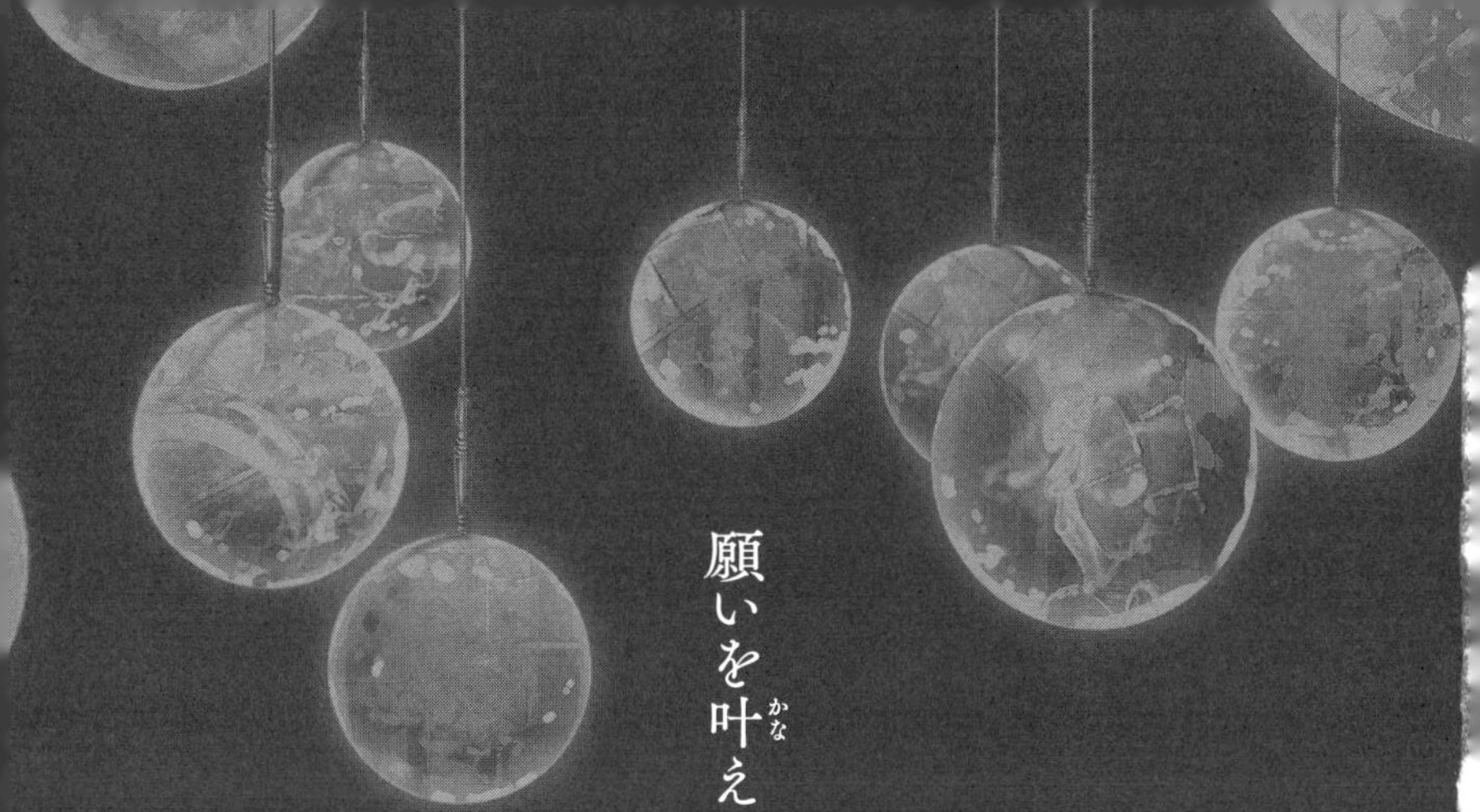

願いを叶《かな》える雑貨店 黄《たそ》昏《がれ》堂《どう》

桐谷直 著

PHP

プロローグ
prologue

――ねえねえ、奇妙《きみょう》な店の噂《うわさ》、聞いた？

――聞いた、聞いた。不思議《ふしぎ》なアイテムを売ってるんでしょ？

――不思議《ふしぎ》なアイテム？

――匿名《とくめい》の学校掲示板《けいじばん》に、その店の噂《うわさ》が投稿《とうこう》されたのを偶然《ぐうぜん》見た人がいるんだって。

――あ、俺《おれ》も聞いたそれ。ヤバいガラクタを売っている店だろ？　呪《のろ》いの札《ふだ》とか。

――幽霊《ゆうれい》が見えるメガネ。欲《ほ》しいものに貼《は》りつけると自分のものになるシール。

――ヤバすぎるガラクタ笑　都市伝説ってヤツ？　笑

――人間そっくりに膨《ふく》らむ風船。嘘《うそ》つきを発見するレーダー……。

――そんなのあるわけないじゃん。魔法《まほう》かよ笑

——二組の田中《たなか》の友だちの友だちのいとこが偶然《ぐうぜん》見つけて買ったらしい。

——え？　マジ？

——バカみたい。そんな噂《うわさ》。偶然《ぐうぜん》なんて、全然あてにならないし。

——あたし、行きたい！　その店、どこにあるの？

——学校のすぐ近くだって。

——商店街の裏通《うらどお》りだろ？

——駅裏《えきうら》だって俺《おれ》は聞いた。せまい通路の奥《おく》に、でかい歯車のついたドアがあるって。

——地図には載《の》らない。探《さが》そうとしても見つからない。幸運で不運な者、不運で幸運な者だけが、黄昏時《たそがれどき》にたどり着く。そこには真鍮《しんちゅう》の鳥を肩《かた》に乗せた奇妙《きみょう》な店主がいて、客は返品できない不思議《ふしぎ》な品を、切り取った記憶《きおく》で支払《しはら》うのさ。店の名は『黄昏堂《たそがれどう》』。

——『黄昏堂《たそがれどう》』……。ところで、さっきから気になってるんだけど。……あんた、だれ？

もくじ

contents

お名前シール

欲《ほ》しいものはたくさんあるのに、手に入るものが少なすぎる。

理沙《りさ》は、いつも不満でいっぱいだった。オシャレな洋服、かわいいグッズ、最新のマンガにゲームにペット。友だちがもっているものが、すぐに欲《ほ》しくなる。

「ねえ、お母さん。あたしの十二歳《さい》の誕生日《たんじょうび》プレゼント、スマホにして！　結衣《ゆい》がスマホを買ってもらったんだよ。習いごとの連絡用《れんらくよう》にしたり、もしもの時に備《そな》えたり」

忙《いそが》しそうに朝食の支度《したく》をしていた母が手を止め、呆《あき》れたように言う。

「まーた理沙《りさ》の欲《ほ》しがり病が始まった。連絡用《れんらくよう》の携帯《けいたい》電話なら、もうもってるじゃない。防犯用《ぼうはんよう》のボタンもついてるから、まだそれで十分でしょ」

「連絡先《れんらくさき》が三つしか登録できない、おもちゃみたいなコドモ携帯《けいたい》じゃん！　来年は中学

生なのに、はずかしくて友だちに見せられないよ。みんな最新のスマホなんだから！」

「みんなってだれ？　そのお友だちの名前をあげてみて」

理沙《りさ》はグッと言葉に詰《つ》まった。しっかりものの母は、一筋縄《ひとすじなわ》ではいかない。

実際《じっさい》のところ、クラスでスマートフォンをもっている子はまだほとんどいない。仲のいい友だちの中でもっているのは、今のところ結衣《ゆい》ひとりだけだ。だからこそ、今買ってもらうことに意義《いぎ》がある。みんなが手に入れてからでは、自慢《じまん》できないではないか。

登校中も授業中《じゅぎょうちゅう》も、理沙《りさ》の頭は最新のスマートフォンのことでいっぱいだった。

（自撮《じど》り写真をかわいく盛《も》ったり、人気の動画サイトに投稿《とうこう》したりしてみたいな……）

考えれば考えるほど、スマートフォンは女子小学生の必需品《ひつじゅひん》だという気がしてくる。

放課後、結衣《ゆい》と一緒《いっしょ》に通っている習いごとが終わり、商店街の歩道を歩いて家に帰る時、理沙《りさ》の『欲《ほ》しがり』は我慢《がまん》できないほどに膨《ふく》れ上《あ》がった。結衣《ゆい》がオシャレなケースつきの最新スマートフォンで、着信を受けたのを見たからだ。

理沙《りさ》は手提《てさ》げの中のコドモ携帯《けいたい》の着信設定《せってい》を、そっと無音のバイブレーションに変えた。母から連絡《れんらく》が来ても、結衣《ゆい》の前ではコドモ携帯《けいたい》を取り出したくない。

（同じ小六なのに、こんなの不公平だ！　あたしもぜったい、スマホが欲《ほ》しい！）

結衣《ゆい》と別れて歩き出すとすぐに、理沙《りさ》の足元に、風に飛ばされたらしい一枚《まい》の紙きれがまとわりついてきた。足で振《ふ》り払《はら》っても、生き物のようにくっついて離《はな》れない。

「もう！　何これ？」

引きはがしてみると、やけに古ぼけているチラシだった。こんな色をセピアカラーっていうんだっけと思いながら、ノートほどの大きさのチラシに目を通す。

そこには飾《かざ》り文字《もじ》で『黄昏堂《たそがれどう》』と書いてあった。どうやら、店の名前のようだ。さらにその下には、歯車の絵とともに《あなたの望みをすぐに叶《かな》える不思議《ふしぎ》な雑貨《ざっか》を、おどろきの低価格《ていかかく》で》とある。

（望みを、すぐに、叶《かな》える……？）

まるで、理沙《りさ》の心の中を見透《みす》かしたような文言《もんごん》に、強く心をひかれた。

だが、チラシには住所も地図も、電話番号すらなかった。開店時間は《黄昏時《たそがれどき》》。

理沙《りさ》は西の空を見上げた。太陽は今まさにしずみ、蛍光《けいこう》カラーのオレンジと夕暮《ゆうぐ》れの闇《やみ》が不思議《ふしぎ》な色合いでまざりはじめている。

（黄昏時《たそがれどき》って今くらいの時間帯かな。お店はどこにあるんだろう？）

あたりを見渡《みわた》した理沙《りさ》は、見落としてしまいそうなほどせまい入口を発見した。細い路地の奥《おく》に、大きな歯車のついた銅色《あかがねいろ》のドアが見える。電飾看板《でんしょくかんばん》の文字が白く発光し、店名をぼんやりと浮《う》き上《あ》がらせていた。

『黄昏堂《たそがれどう》』

「あれだ……！　でも、こんなところに、お店なんてあったっけ……？」

もう一度チラシに目を落とすと、なぜか、さっきまでなかった文がある。

《先着一名様限《かぎ》り！【お名前シール】。名前を書いて欲《ほ》しいものに貼《は》るだけで、あれもこれもぜんぶアナタのものに》

三回、読み返した。古ぼけたチラシに見えるのに、特売の日付はなぜか今日だ。

なんだか、奇妙《きみょう》な夢《ゆめ》の中にいるような気がした。ザワザワと胸騒《むなさわ》ぎがする。

（ヤバいよね……。たぶん、ヤバい。でも先着一名って書いてあるし……。あたしが先に入らないと、だれかがこのお店を見つけちゃうかも）

理沙《りさ》はそっとあたりをうかがうと、思いきって暗い路地の奥《おく》へと足を踏《ふ》み入《い》れた。

緊張《きんちょう》でドキドキと鳴る心臓《しんぞう》を抑《おさ》え、理沙《りさ》はおそるおそる中を見渡《みわた》した。

うす暗くせまい店内は、まるで隠《かく》れ家《が》のようだった。微《かす》かな機械音は、壁《かべ》に取りつけられたいくつもの歯車がゆっくりとまわる音だ。あちこちに置かれた時計は、それぞれ別の時刻《じこく》を示している。数字が反転した文字盤《もじばん》の時計や、左まわりに針《はり》が進んでいる時計。

所せましと置かれた棚《たな》や革《かわ》の衣装《いしょう》ケースには、ペンや手帳、ランプや陶器《とうき》やメガネ、風変わりなアクセサリーなどの雑貨《ざっか》が無造作《むぞうさ》に置かれていた。使い道のよくわからない、電化製品《せいひん》のような物。机《つくえ》の上のパソコンは理沙《りさ》が知っている形ではなく、大きな液晶《えきしょう》ボードにレトロな丸いボタンのキーボードと朝顔形の拡声器《かくせいき》が取りつけられている。

古い外国映画《えいが》のセットのようでもあり、どこか未来の風景のようでもあった。

低い天井からは、幻想的《げんそうてき》に光る、大小さまざまなガラス玉がぶら下がっている。あまりの美しさに思わず手を伸《の》ばして触《ふ》れようとすると、突然《とつぜん》男の声がした。

「まだ乾《かわ》いてないからさわらないで。それは売り物じゃありませんよ、お客さん」

「す、すいません！」

理沙《りさ》はあわてて手を引《ひ》っ込《こ》め、声の主《ぬし》を見た。販売台《はんばいだい》の向こうから、いつのまにか店主らしい若《わか》い男がこちらをまっすぐに見つめている。奥《おく》に小部屋でもあるのだろうか。

男は白いシャツに職人《しょくにん》ふうの茶色い革《かわ》のエプロンをつけていた。胸《むね》ポケットには、ペンチやドライバーを突《つ》っ込《こ》んでいる。首から下げたアンティーク調のゴーグルは、左が羅針盤《らしんばん》の形をしていて、右には緑色のガラスがはまっていた。

奇妙《きみょう》ないでたちをしてはいるが、男はおどろくほど端正《たんせい》な顔立ちをしていた。少し長めの黒髪《くろかみ》と、印象的《いんしょうてき》な黒い瞳《ひとみ》。肩《かた》にとまった真鍮《しんちゅう》の鳥が、赤い目を光らせ微《かす》かに動く。

店主らしき男は、理沙《りさ》を値踏《ねぶ》みするように見つめ、不思議《ふしぎ》なことを言った。

「チラシに呼《よ》ばれたのですね。あれは強い望みをもつ人だけに見えるのですよ」

棚《たな》の奥《おく》からシールのシートを取り出して、販売台《はんばいだい》の上に置く。

「これが【お名前シール】です。一セット六枚《まい》つづりで、使用方法はチラシの通り。このシールにあなたの名前を書いて、欲《ほ》しいものに貼《は》りつけてください。すると、シールはあなた以外の人には見えなくなり、たいていのものは手に入ります」

「……そんな魔法《まほう》みたいな効果《こうか》があるんですか？　本当に……？」

「本当ですよ。ただし、一枚《まい》のシールにつき、効果《こうか》は一度きりです。このシールは少々不具合があり、はがれやすいのでお気をつけください。まあ、それが理由でお値《ね》打《う》ち価《か》格《かく》になっているのですが。はがれたら効果《こうか》は消えてしまうので、貼《は》りつけは慎重《しんちょう》に」

あまりにも奇妙《きみょう》な話だが、この不思議《ふしぎ》な雰囲気《ふんいき》の店の中では、それも真実に思える。

「でも、きっと高いんですよね？　あたし、あんまりお小遣《こづか》いをもっていなくて……」

「お金はいりません。この店の品物はすべて、お客様の記憶《きおく》で代金を支払《しはら》っていただくのです。この不思議《ふしぎ》なシールを、今なら記憶《きおく》一日分でおゆずりします。安いものですよ」

「……あの……。意味がわからないんですけど。どうやって記憶《きおく》を渡《わた》すんですか？」

理沙《りさ》がとまどいながら聞くと、店主は手のひらに収《おさ》まるほどの大きさの、無色透明《とうめい》のガラス玉を、奥《おく》の引き出しから取り出して販売台《はんばいだい》の上に置いた。

「目を閉《と》じてこのガラス玉に手を触《ふ》れるだけです。すると、お客様の記憶《きおく》が、一日分だけこの中に入り、支払《しはら》いが完了《かんりょう》します」

理沙《りさ》はおそるおそる、天井からぶら下がったガラス玉に目をやった。するとあれらは、ここにある不思議《ふしぎ》な品物と交換《こうかん》に、客が支払《しはら》った記憶《きおく》なのだろうか。

「一日分の記憶《きおく》って、いつの記憶《きおく》ですか？　過去の記憶《きおく》？　それとも、未来のどこかで記憶《きおく》を失うんですか？　もし、大切な記憶《きおく》だったら」

「いただくのは、今日この時点までにお客様が経験した思い出の一部です。記憶《きおく》の選択《せんたく》は私《わたし》にお任《まか》せください。それが、この店の品をおゆずりする条件《じょうけん》です」

ためらう理沙《りさ》の心を見透《みす》かしたように店主が言った。

「【お名前シール】の正規品《せいきひん》は高額《こうがく》です。これもこのお値段《ねだん》ではとうていおゆずりできませんが、今回は特別に。ちょうど今、あなたの年ごろの少女の記憶《きおく》が品薄《しなうす》なのでね」

「すごくお得《とく》ってことですね？　そのシール、買います！　あたしの記憶《きおく》でいいなら」

すっかり買う気になった理沙《りさ》を見て、店主は唇《くちびる》の片端《かたはし》で微《かす》かに笑った。

「ありがとうございます。お買い上げの商品は返品もクレームも受けつけませんので、ご承知《しょうち》おきを。ではこのガラス玉に手を触《ふ》れ、目を閉《と》じてください……」

理沙《りさ》が触《ふ》れたガラス玉が、みずみずしいオレンジ色に一筋《ひとすじ》のグレーがまざった、不思《ふし》議《ぎ》な光を放ちはじめた。


その日の夜。理沙《りさ》は子ども部屋の自分の机《つくえ》の上に置いたシールのシートを、半信半疑《はんぎ》で眺《なが》めていた。手元にある五枚《まい》のシールには、すべて理沙《りさ》の名前を書いてある。一枚《まい》は、リビングに置いてあった姉のポーチにこっそりと貼《は》りつけてきた。高校生の姉がアルバイト代で買ったばかりの、人気ブランドのオシャレポーチ。だが、シールを貼《は》りつけたからといって、ポーチが自分のものになった実感はまったくない。

「なんにも効果《こうか》ないじゃん。だまされたのかなぁ。そういえば、記憶《きおく》がどうとか」

理沙《りさ》は机《つくえ》の引き出しから手帳を取り出して広げた。毎日その日にあったできごとを記録する習慣《しゅうかん》があるのだ。パラパラとめくってみる。

「あれ？　今年の七月二十七日のページだけが真っ白になってる」

前日の二十六日には、ハートマークつきで「明日は結衣《ゆい》たちとショッピング。楽しみ！」と書いてあるのに、二十七日の記録がないのだ。

翌《よく》二十八日のページには、《昨日《きのう》はおどろいた。あんな事件《じけん》現場《げんば》のすぐ近くにいたなんて怖《こわ》い。もしかして、あの人が関係あったりして》と記してある。理沙《りさ》は首をかしげた。二か月前の七月二十七日に、いったい何を見たのだろう。急に不安になる。

その時、ドアを開けて部屋に姉が入ってきた。理沙《りさ》の目の前にポーチを置いて言う。

「これあげる。欲《ほ》しがってたでしょ？　どうしても理沙《りさ》に使ってもらいたくてさ」

理沙《りさ》はポカンと口を開け、すぐに部屋を出た姉を見送った。真新しいポーチを見る。

（お姉ちゃんが突然《とつぜん》あんなことを言うなんて。もしかして本当にシールの効果《こうか》……？）

翌日《よくじつ》、クラスの早紀《さき》が教室に持《も》ち込《こ》んだ人気のマンガ本に、理沙《りさ》はそっとシールを貼《は》ってみた。すると、そのあとすぐに早紀《さき》がマンガ本を理沙《りさ》に差し出して言った。

「このシリーズ、理沙《りさ》も読んでたよね？　よかったら、これもらって。昨日《きのう》お兄ちゃんも買ってきて、同じ巻《かん》が二冊《さつ》になっちゃったの」

ショップで気に入った服に貼《は》ると、母が「理沙《りさ》に似合《にあ》うと思って」と、その服を買ってくれた。あんなにしまりやの母なのに！　みんなにはお名前シールは見えていないようだ。シールを貼《は》ったものはどれもすぐに理沙《りさ》の手に入る。店主が言った通りだった。

だが、ペットショップでつがいの文鳥が入った鳥かごに貼《は》ったのは失敗だった。父がその鳥かごだけを買ってきたのだ。中身にまでは効果《こうか》がおよばないらしい。

「それにしてもすごい！　一日分の記憶《きおく》なんて、なくなってもどうってことないし。あ、もっとよく考えて貼《は》ればよかったなー。あと二枚《まい》しかないよ」

やはり、スマートフォンに貼《は》りたいと理沙《りさ》は思った。週末に携帯《けいたい》ショップへ行き、最新機種に貼《は》ろう。そうすれば、きっとすぐにだれかがプレゼントしてくれるはずだ。

土曜日の午後、理沙《りさ》はシールを一枚《まい》持ち、携帯《けいたい》ショップの中をうろついていた。

(このシールを貼《は》ると、またお母さんが買ってくれるのかなぁ……)

数万円もするスマートフォンにお名前シールを貼《は》ることに、ためらいがあった。

(……やっぱりやめよ。こんなふうに手に入れても、なんか後ろめたいや……)

シールを貼《は》る直前で思いとどまる。だが、理沙《りさ》はその場から動けなくなってしまった。

グレーの上着を着た目つきの鋭《するど》い男に、手首を強くつかまれたからだ。

「さっきから、こそこそと何をしてるんだ! 外の車の中で話を聞かせてもらうぞ」

男ににらまれ、理沙《りさ》は震《ふる》え上《あ》がった。ショップの警備員《けいびいん》に行動をあやしまれたのだろう。もしかして、素行《そこう》の悪い子どもを補導《ほどう》する、見まわりの警察官《けいさつかん》かもしれない。

理沙《りさ》は言葉もなく青ざめたまま、男と一緒《いっしょ》にショップを出た。後悔《こうかい》で泣き出しそうだった。欲《ほ》しがってばかりいた代償《だいしょう》は、あまりにも大きい。

通りに停《と》めてある黒いクルマを男は指さした。覆面《ふくめん》パトカーにちがいない。

「ほら、車に乗るんだ。親御《おやご》さんに連絡《れんらく》するから、きみのスマホを寄《よ》こしなさい」

理沙《りさ》は涙《なみだ》ぐみ、コドモ携帯《けいたい》を男に手渡《てわた》した。おとなしく車の後部座席《ざせき》に乗る。

だが数分後、理沙《りさ》は自分が大変なことに巻《ま》き込《こ》まれたのだと気がついた。男が理沙《りさ》を乗せたまま、車を急発進させたからだ。走り出した車がどんどん街から離《はな》れていく。

(えっ、何⁉ どこへ行くの⁉ この人、警備員《けいびいん》でも警察官《けいさつかん》でもないの?)

動揺《どうよう》する理沙《りさ》の前で、男は自分のスマートフォンを取り出しだれかと話しはじめた。

「ああ、俺《おれ》だ。七月の終わりの仕事を覚えてるか? 例の銀行を襲《おそ》った件《けん》だ。変装用《へんそうよう》のマスクを外して現場《げんば》から逃《に》げる時、ひとりの女子小学生に目撃《もくげき》されただろう? そいつを偶然《ぐうぜん》見つけたんだよ。俺《おれ》は人の顔を決して忘《わす》れないからまちがいない。子どもは車に拉致《らち》した。アジトへ向かう。ああ、どうにかするさ。証言《しょうげん》されたらまずいからな」

理沙《りさ》は男の言葉を、愕然《がくぜん》として聞いていた。手帳から消えていた七月二十七日の記憶《きおく》が、ここにあったのだ。あの日、結衣《ゆい》たちとショッピングの待ち合わせをした理沙《りさ》は、偶然《ぐうぜん》、目の前の男が銀行強盗《ごうとう》の現場《げんば》から逃《に》げるのを目撃《もくげき》したのだろう。理沙《りさ》は犯人《はんにん》だと確信《かくしん》をもてずにいたようだが、男のほうは、不都合な存在《そんざい》である理沙《りさ》の顔をはっきりと

覚えていたのだ。このまま連れ去って閉《と》じ込《こ》めるつもりだろうか。まさか、殺される⁉

恐《おそ》ろしい想像《そうぞう》で体が震《ふる》えた。車はスピードを上げている。窓《まど》は男によってロックされていた。助けを呼《よ》ぼうにも、理《り》沙《さ》の携帯《けいたい》は運転席の男に取り上げられたままなのだ。理《り》沙《さ》の携帯《けいたい》には通報《つうほう》の機能《きのう》があり、いざという時はボタンを押《お》すだけで母の携帯《けいたい》と警察《けいさつ》の両方につながる。それだけで、追跡《ついせき》ナビが理《り》沙《さ》の居場所《いばしょ》も知らせてくれるというのに。

（どうしよう。このままじゃ大変なことになる。どうしたら助かるの？）

理《り》沙《さ》はバックミラーに映《うつ》る男の冷酷《れいこく》な表情《ひょうじょう》を見ながら必死に考えた。怖《こわ》くて気が遠くなりそうだった。車が郊外《こうがい》を抜《ぬ》けていく。この先は、ひとけのない山だ。

ようやく、理《り》沙《さ》は自分を救《すく》う方法を思いついた。震《ふる》える手をポケットの中に忍《しの》ばせる。緊張《きんちょう》で冷たくなった指先に、一枚《まい》だけ持ってきた【お名前シール】が触《ふ》れた。

（これを、この男に貼《は》ればいい。なんでも手に入るシールなんだから、貼《は》ればきっとあたしの言うことを聞く。そうしたら命令して、元来た場所に連れ帰らせよう）

理《り》沙《さ》は後部座席《ざせき》から手を伸《の》ばし、運転する男の首にシールを貼《は》りつけようとした。

気づいた男が「何をする！」と怒《おこ》って振《ふ》り返《かえ》り、ギロリと理沙《りさ》をにらむ。動揺《どうよう》した理《り》沙《さ》は手からシールを取り落とし、最後の希望はどこかに行ってしまった。

「あの……。あの……。何も……。ごめんなさい」

理沙《りさ》は震《ふる》える声を絞《しぼ》り出《だ》して謝《あやま》った。

目の前の信号が赤に変わる。男はイラついた様子で車にブレーキをかけ、後部座席《ざせき》に座《すわ》る理沙《りさ》を振《ふ》り返《かえ》った。緊張《きんちょう》で思わず身がまえた理沙《りさ》だが、男は自分が着ていたグレーの上着を脱《ぬ》いで「やるよ」と、投げて寄《よ》こしただけだった。

その上着の裾《すそ》には、落ちたはずのお名前シールがくっついていた。

（だから、上着があたしの手に入ったんだ……。いつかの鳥かごと同じだ）

シールは、直接《ちょくせつ》貼《は》りつけたものにしか効果《こうか》がない。男の首に貼《は》り直《なお》したいが、一度はがしたらシールの効果《こうか》は消えてしまう。もうどうすることもできなかった。

絶望《ぜつぼう》で涙《なみだ》があふれたその時、理沙《りさ》の膝《ひざ》の上にある男の上着のポケットの中で、何かがブルブルとリズミカルに震《ふる》えた。

（さっき取り上げられたあたしのコドモ携帯《けいたい》だ！　このポケットに入っていたんだ！）

着信音をバイブレーション設定《せってい》に変えたまま、忘《わす》れていたコドモ携帯《けいたい》。そっとディスプレイを見ると、着信は母からだった。帰りが遅《おそ》い理沙《りさ》を心配したのだろう。母の顔が思《おも》い浮《う》かび、目の前が涙《なみだ》でゆらぐ。帰りたい。何もいらないから、家に帰りたい……。

（お母さん、助けて。理沙《りさ》はここにいるよ……）

理沙《りさ》は男に気づかれないよう、震《ふる》える指で、コドモ携帯《けいたい》の通報《つうほう》ボタンを押《お》した。


「本当に怖《こわ》かった……。こんなことはもうこりごり。もう、欲《ほ》しがりはやめる」

理沙《りさ》は警察署《けいさつしょ》に迎《むか》えに来た家族と無事に家へ帰り着くと、手に入れた品物すべてから【お名前シール】をはがした。残っていた最後の一枚《まい》も小さく破《やぶ》ってゴミ箱に捨《す》てる。

犯罪《はんざい》を重ねていた男たちがアジトで警察《けいさつ》に捕《つか》まったのはよかったが、一歩まちがえたら理沙《りさ》が危《あぶ》なかった。都合がよすぎることには、相応《そうおう》の落《お》とし穴《あな》が潜《ひそ》んでいる。

『黄昏堂《たそがれどう》』へはもう二度と行きたくない。ぜったいに行かないと、理沙《りさ》は誓《ちか》った。

嘘《うそ》つき発見レーダー

たっくんの通うひまわり幼稚園《ようちえん》は、朝から大騒《おおさわ》ぎだった。

うさぎ組のカズキくんの頭の上に、大きな赤い矢印がくっついていたからだ。まるで「この人を見て！」とでもいうように、カズキくんをピッタリ指《さ》し示《しめ》している。

みんながポカンと口を開け、カズキくんのまわりに集まっていた。

「なんだよ、これ。どっかいけ！」

カズキくんは頭を振《ふ》ったり押《お》さえたりしてジタバタと暴《あば》れた。だけど矢印はくっついて離《はな》れない。カズキくんの動きに合わせて、どこまでもついていく。走ってもしゃがんでもムダだった。

「先生、カズキくんの頭に、変なのがくっついてるよー」

騒《さわ》ぎを聞きつけ、胸《むね》にうさぎ形の名札をつけた上原《うえはら》先生が飛んできた。

「どうしたの？　あら、これ、何かしら」

先生はカズキくんの頭の上の矢印をつかもうとしたけれど、どうしてもつかめない。

「消えないわ。レーザーポインターの光みたい」

上原《うえはら》先生はオロオロして、園長先生を呼《よ》んだ。

「園長先生、大変なんです。なんだか変な矢印が」

「いったいこれは、どうしたことだね？」

園長先生も、カズキくんの頭の上の赤い矢印を振《ふ》り払《はら》おうと躍起《やっき》になった。それでも、矢印はカズキくんを指《さ》し示《しめ》したままだ。

「うーむ。困《こま》ったな、どうしても消えないぞ……」

園長先生がつぶやくと、カズキくんは床《ゆか》に引っくり返ってわんわん泣きはじめた。

「やだよう、こんなの、かっこ悪いよう！」

たっくんは、びっくりしてこの騒《さわ》ぎを見ていた。

「もしかして、これのせいかな……」

園服のポケットに入れていた金属《きんぞく》のボールを取り出す。それは、歯車がついた、ピンポン玉くらいの大きさのボールだった。金色にピカピカとかがやいて、たっくんの顔が映《うつ》り込《こ》んだかっこいいボール。小さな赤いライトがピカピカと点滅《てんめつ》している。

『てんしゅ』というお兄さんがくれた【うそつきはっけんレーダー】だ。たっくんは迷《まい》子《ご》になった町の中で、偶然《ぐうぜん》『たそがれどう』という不思議《ふしぎ》なお店を見つけたのだ。

それは、昨日《きのう》のことだった。

「おまえのお母さんが、今日は迎《むか》えに行けないから、家まで歩いて帰ってきてってさ」

幼稚園《ようちえん》の『お帰りの時間』に、カズキくんがたっくんにそう言った。

たっくんのお母さんは、お仕事でいつも忙《いそが》しい。だから、遅《おく》れて『お迎《むか》え』に来ることがよくあった。それでも「迎《むか》えに行けない」と言われたのは初めてだ。

たっくんは悲しい気持ちをこらえながら、ひとりで歩いて園を出た。ポツンと涙《なみだ》がこぼれ落ちる。帰り道がわからなくなって、迷子《まいご》になった。園から少し遠いところに家があるたっくんは、いつもお母さんが運転する車で幼稚園《ようちえん》に通っていたからだ。

たっくんは歩《ある》き疲《つか》れて道端《みちばた》に座《すわ》り込《こ》み、やがて眠《ねむ》ってしまった。足に絡《から》みつくチラシの感触《かんしょく》で目を覚ますと、あたりはいつのまにか夕方のきれいなオレンジ色の光でかがやいている。顔を上げると、目の前に大きな歯車がついた『たそがれどう』のドアがあった。

「……この金属《きんぞく》ボールは【嘘《うそ》つき発見レーダー】だ。もっていると、きみに嘘《うそ》をついた人の頭の上に矢印が現《あらわ》れる。きみを困《こま》らせる嘘《うそ》つきを、みんなに教えてくれるんだ」

茶色いエプロンをつけたお店のお兄さんが言った。お兄さんはなぜか知っているみたいだった。たっくんが、カズキくんにしょっちゅう嘘《うそ》をつかれて困《こま》っていることを。

「ケンケン当番になったから、一日ケンケンして歩け」

「今日は給食のプリンをだれかにあげなくちゃいけない日だぞ」

「水遊びのあとはパンツをはいちゃいけないって、先生が言ってた」

カズキくんにだまされたたっくんは、みんなに笑われたり怒《おこ》られたりして、悲しい気持ちになる。幼稚園《ようちえん》へ行く時間になると、おなかがシクシクと痛《いた》むこともあった。

「このレーダーをポケットに入れておくといい。そうすれば、もうだれかの嘘《うそ》で困《こま》ることはないだろう。品代としてきみの記憶《きおく》を少しもらうよ。それがこの店のルールだから」

お兄さんは、手のひらに透明《とうめい》なガラス玉を乗せ、たっくんの目の前に差し出した。

「目を閉《と》じてこれに触《ふ》れてごらん。悲しかったことをいくつか忘《わす》れることができる」

しばらくして目を開けると、ガラス玉はきれいなうすい水色に光っていた。

「これはきみの悲しみの色だ。傷《きず》つけられても相手を憎《にく》まない、素直《すなお》で優《やさ》しい子が流した涙《なみだ》の色だよ。こんなに美しく透《す》き通《とお》る涙《なみだ》を見たら、私《わたし》でも胸《むね》打《う》たれずにいられない」

お兄さんは、たっくんに金属《きんぞく》のボールを渡《わた》して言った。

「さあ、これをもって元の時間と場所へ帰りなさい。もう会うことはないだろう」

気がつくと、たっくんは『お帰り時間』の幼稚園《ようちえん》に戻《もど》っていて、お母さんが、ちょうどたっくんを迎《むか》えに来たところだった。夢《ゆめ》でも見ていたのかなと思ったけど、たっくんのポケットには、この金属《きんぞく》のボールが入っていた。まるで、お守りのように。

そして、今朝《けさ》。幼稚園《ようちえん》に登園し、ポケットにボールを入れたまま玄関《げんかん》で上履《うわば》きにはきかえているると、カズキくんがいつものようにたっくんに走《はし》り寄《よ》ってきてこう言った。

「おい、今日は何か話すときに『うんちブリブリ』ってつけなくちゃダメな日だぞ」

そのとたん、カズキくんの頭の上にピン！　と赤い矢印が立ったのだった。

どうやらポケットの中の【嘘《うそ》つき発見レーダー】が、カズキくんの嘘《うそ》に反応したらしい。お兄さんが言った通り、もっているだけで嘘《うそ》つきを見つけてくれるのだろう。

「みんなは教室に戻《もど》りなさーい！」

園長先生はめそめそ泣いているカズキくんを、園長室へ連れていった。

ところが、騒《さわ》ぎはそれだけでは収《おさ》まらなかった。どういうわけか、レーダーはたっくんに話しかけた人の嘘《うそ》ばかりではなく、たっくんが耳にした嘘《うそ》にも反応《はんのう》したからだ。

「園の砂場《すなば》からでっかい蛇《へび》が出てきたんだ！」とみんなを怖《こわ》がらせたうさぎ組のヒロキくんの頭に矢印がピン！

「あたしんちはお金持ちだから、庭のプールでイルカを飼《か》ってるんだ」と言った、キリン組のエリカちゃんの頭にも矢印がピン！

「全然食べてないのに太るのよ」と言った、保育士さんの頭にも矢印がピン！

「明日から三日間お休みをください。えーっと、そうだ、田舎《いなか》の祖父《そふ》のお葬式《そうしき》なんです」

と言った、上原《うえはら》先生の頭にも矢印がピン！

「うちの園には、ひとつも問題はありません」と言った、園長先生の頭にも矢印がピン！

お迎《むか》えの時間には、お母さんたちの頭の上にいっぱい矢印が現《あらわ》れた。

「いつもおきれいでうらやましいわ」で、ピン！

「いえいえ、うちはお受験なんてしませんから……」で、ピン！

「主人がトントン拍子《びょうし》に出世して」で、ピン！

園の外を通りかかった高校生のカップルにも、レーダーは反応《はんのう》した。

「あたし、男子とつき合うの、初めてだからぁ」で、ピン！

「俺《おれ》さー、学校でおまえがいちばんかわいいと思ってるんだー」で、ピン！

「みなさんが住みよい社会をめざし、公平でクリーンな政治《せいじ》をお約束いたします！」

通《とお》り過《す》ぎる選挙カーの中で、メガホンを通してあいさつする政治家《せいじか》の頭にもピン！

ピン！　ピン！　ピン！

園庭でお迎《むか》えを待ちながら、たっくんは増《ふ》え続《つづ》ける赤い矢印にびっくりしていた。

「みんな、いっぱい嘘《うそ》をついてるんだなぁ」

あちこちでみんながあわてふためいている。

みんなの頭に現《あらわ》れた矢印がどうしたら消えるのか、たっくんにもわからなかった。もしかしたら、嘘《うそ》をつかなくなると消えるのかもしれない。

（お母さんの頭に矢印がつかないといいな）

たっくんがそう思った時、後ろから声が聞こえた。お母さんだ。

「遅《おそ》くなってごめんね、たっくん。お母さん、今日も仕事が長引いちゃって……。本当は、もっと早くお迎《むか》えに来たいのに」

たっくんは、ちょっとドキドキしてお母さんの頭の上を見上げた。

「あら、どうしたの？　お母さんの頭に何かついてる？」

お母さんが首をかしげ、頭の上に手をやる。

「……ううん。何もついてないよ！」

お母さんの頭に矢印がついていないことを確《たし》かめたたっくんは、ホッとしてにっこりと笑った。

「さ、帰ろうか」

お母さんもにっこり笑う。

「今日の夕飯はたっくんの大好きなハンバーグよ。スーパーのお惣菜《そうざい》じゃなくて、お母さんの手づくりだからね！」

たっくんのお母さんの頭の上に、ピン！　と赤い矢印が立った。

霊《れい》視《し》メガネ

幽霊《ゆうれい》は、ぜったいにいる。

京野彰《きょうのあきら》は、子どものころからそう固《かた》く信じて疑《うたが》わなかった。

幼稚園児《ようちえんじ》の時、だれもいない部屋で亡《な》くなった祖母《そぼ》の声を聞いたように思ったのが最初だった。小学生の時はトイレに入るたびに花子《はなこ》さん――男子トイレなので花男《はなお》くん――の気配を感じ、中学の校長の葬式《そうしき》では、お棺《かん》の横に校長がぼんやり立っているのを見た気がした。高校生の時には、教室の隅《すみ》でノートを取る、いるはずのない少女とコンタクトを取ろうと必死になった。心霊《しんれい》スポットと言われるところでは寒気を感じたし、座《ざ》敷童《しきわらし》が出ると噂《うわさ》される宿では、真夜中、子どものささやき声と笑い声を聞いた。

幽霊《ゆうれい》への興味《きょうみ》は歳《とし》を重ねるごとに強くなり、大学は心霊《しんれい》研究会のあるところを選んだ。

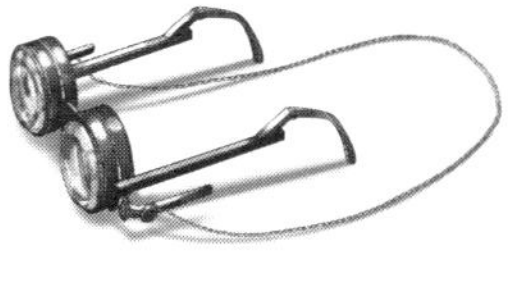

口を開けば幽霊《ゆうれい》の話ばかりしてしまうものの、真面目《まじめ》なところが評価《ひょうか》され、卒業後には、心霊《しんれい》研究科のある大学院へと進むことができた。寝《ね》る間《ま》も惜《お》しんで研究に励《はげ》むようになったのは、自然の流れと言えよう。

(幽霊《ゆうれい》はいる。だけど、みんなは目に見えるものしか信じてくれない……)

物理でも化学でもいい。心霊現象《しんれいげんしょう》を信じない人にも、幽霊《ゆうれい》はいるのだと証明《しょうめい》したい。

そしてついに彰《あきら》の悲願は実を結んだ。幽霊《ゆうれい》を『見える化』する装置《そうち》を発明したのだ。

「大井戸橋教授《おおいどばしきょうじゅ》!　ようやく完成しました!」

彰《あきら》は大学の研究室で、幽霊可視化装置《ゆうれいかしかそうち》をお披露目《ひろめ》した。人がひとり入れるほど大きな試験管を逆《さか》さにしたような形で、上と下に電流を流す装置《そうち》がついている。

「特殊《とくしゅ》なガスをガラス管に満たし、このスイッチを押《お》すと」

彰《あきら》はリモコンをもち、教授《きょうじゅ》と他の研究生を振《ふ》り返《かえ》って言った。

「幽霊《ゆうれい》がだれにでも見える姿《すがた》となって現《あらわ》れるんです!」

装置《そうち》の完成に、研究室のみんながおどろいた。

「すごいな、京野《きょうの》！」

「ついにやりとげたのか！」

「おまえがひとりで黙々《もくもく》と装置《そうち》の製作《せいさく》作業に取り組んでいたのは知っていたけど、完成にはまだ何年もかかると思っていたよ！」

「装置《そうち》に必要な高度な計算式や、特殊《とくしゅ》なガスの問題点もひとりで解決《かいけつ》したなんて！」

みんなが口々にほめそやす。彰《あきら》は鼻高々で言った。

「執念《しゅうねん》と努力のなせる業《わざ》だよ。装置《そうち》を完成させる方法が、突然《とつぜん》ひらめいたのさ」

「さすが京野《きょうの》くん！　ね、幽霊《ゆうれい》はどんな姿《すがた》に見えるの？」

期待に目をかがやかせ、大原綾香《おおはらあやか》が聞いた。綾香《あやか》は彰《あきら》が射止《いと》めた恋人《こいびと》なのだ。

「今説明するよ。規模《きぼ》を縮小《しゅくしょう》した予備《よび》実験ではいい結果が出たんだ。幽霊《ゆうれい》はこの装置《そうち》の中に必ず現《あらわ》れる」

彰《あきら》はコホンと咳払《せきばら》いした。みんなの注目を浴びて成果を発表する自分が誇《ほこ》らしい。

「僕《ぼく》たちの研究通り、幽霊《ゆうれい》はほとんど生前の姿《すがた》と変わりません。生きていた時の記憶《きおく》もあるし、意思疎通《そつう》もできます。話せるのです。重さがないので空も飛べますよ」

「へえ。俺《おれ》も飛んでみたいな」

そう言って笑ったのは槙原大輔《まきはらだいすけ》だ。高校の時からの、彰《あきら》の数少ない友人だった。もともと幽霊《ゆうれい》に興味《きょうみ》はなかったのだが、彰《あきら》の並々《なみなみ》ならぬ思いに共感し、今では彰《あきら》以上に熱い思いをもって心霊《しんれい》研究に打《う》ち込《こ》んでいる。十人ほどいる研究生たちも、皆《みな》同じ思いだ。

大井戸橋教授《おおいどばしきょうじゅ》が彰《あきら》の肩《かた》を叩《たた》き、ねぎらうように言った。

「感心したよ、京野《きょうの》くん。さあ、幽霊可視化装置《ゆうれいかしかそうち》のスイッチを押《お》してくれたまえ」

「僕《ぼく》が、ですか？　記念すべき実験ですから、ぜひ大井戸橋教授《おおいどばしきょうじゅ》の手でスイッチをと思っていました。僕《ぼく》は隣《となり》の部屋で、記録装置《そうち》の作動を確認《かくにん》しますから……」

「記録装置《そうち》は自動だろう。それよりも、きみの実験だ。長年の研究が実を結ぶ晴れがましい瞬間《しゅんかん》は、努力を重ねてきたきみのものだよ」

教授《きょうじゅ》の言葉に、彰《あきら》はためらいながらもうなずいた。

「そ、そうですか。では、僕《ぼく》が……」

研究室のみんなが、緊張《きんちょう》した面持《おもも》ちで彰《あきら》の様子を見守っている。綾香《あやか》が、胸《むね》の前で祈《いの》るように両手を組み合わせたのが目に入った。

(ついに、幽霊《ゆうれい》の存在《そんざい》を証明《しょうめい》する時が来た。僕《ぼく》の人生はこの瞬間《しゅんかん》のためにあったんだ!)

研究室内に緊張《きんちょう》が走り、皆《みな》がゴクリと息をのむ。

彰《あきら》は胸《むね》を高鳴らせ、興奮《こうふん》で震《ふる》える指でスイッチを押《お》した。

――プシュン……と気の抜《ぬ》けた音がして、実験は失敗した。

夕暮《ゆうぐ》れの街中をあてもなくさまよいながら、彰《あきら》はすすり泣いていた。

綾香《あやか》にすら、連絡《れんらく》を取っていない。だれとも話す気になれず、スマートフォンの電源《でんげん》も切ったままだ。研究室には戻《もど》りたくない。戻《もど》れない。このまま、黄昏色《たそがれいろ》の街の景色の中にまぎれ、永遠《えいえん》に身を隠《かく》してしまえたら……。

その時だ。足元にまとわりつく古びたチラシに、彰《あきら》は気がついた。

《あなたの望みをすぐに叶《かな》える不思議《ふしぎ》な雑貨《ざっか》を、おどろきの低価格《ていかかく》で》とある。店の名前は『黄昏堂《たそがれどう》』。

（望みを、すぐに、叶《かな》える……？　望みか……。僕《ぼく》のいちばんの望みはなんだろう……）

黄昏色《たそがれいろ》の光をぼんやりと見ながら、彰《あきら》は考えた。綾香《あやか》や教授《きょうじゅ》や仲間の元へ戻《もど》りたいのか。それとも、幽霊《ゆうれい》の存在《そんざい》を証明《しょうめい》したいのか。

立ちつくしたままチラシに目を落とすと、さっきまではなかった文字が増《ふ》えている。

《先着一名様限《かぎ》り！　【霊視《れいし》メガネ】。メガネをかけるだけで、幽霊《ゆうれい》をはっきりと見ることができます！》

「霊視《れいし》メガネ？」

強く興味《きょうみ》をひかれた。そのメガネは、いったいどんなものなのだろう。

顔を上げてふと見ると、細い路地の奥《おく》に、『黄昏堂《たそがれどう》』という店の看板《かんばん》がぼんやりと光っている。それはさながら、闇《やみ》の中でさまよう蛾《が》をひきつける白い炎《ほのお》のようでもあった。

おそるおそるドアを押《お》し、うす暗い店内に足を踏《ふ》み入《い》れる。

「いらっしゃいませ。【霊視《れいし》メガネ】のお客様ですね？」

歯車と時計が奇妙《きみょう》な雰囲気《ふんいき》をかもしだすせまい店の中で、店主らしき男が言った。無言でうなずく彰《あきら》の前で、机《つくえ》の引き出しを開ける。中からアンティークな真鍮《しんちゅう》の丸メガネを取り出して販売台《はんばいだい》の上にコトリと置くと、店主は彰《あきら》を見つめた。

「これは、かなりのお値打《ねう》ち品《ひん》です。使用方法はチラシの通り。浮遊《ふゆう》するエクトプラズマ——つまり、幽霊《ゆうれい》を非常《ひじょう》にはっきりと見ることができるメガネです」

道具だらけの革《かわ》のエプロンを身に着け、奇妙《きみょう》なゴーグルを首から下げてはいるが、その若《わか》い店主は端正《たんせい》な顔立ちをしていた。だが、どこか得体《えたい》のしれない雰囲気《ふんいき》があり、信用できない気がする。隙《すき》を見せないように、彰《あきら》は慎重《しんちょう》に言葉を選んだ。

「申《もう》しわけないですけど、とても本当だとは思えない。僕《ぼく》は何年もかけて、幽霊《ゆうれい》を可視化《かしか》する研究を続けてきた。だけど、実験は失敗したんです。大失敗だった。それが、この古ぼけたメガネをかけるだけでかんたんに叶《かな》うなんて、信じろと言われても無理ですよ」

「そうですか？　あなたはこのメガネに強い興味《きょうみ》をおもちだからここへ来たのでは？」

店主は抜《ぬ》け目《め》のなさそうな黒い瞳《ひとみ》で彰《あきら》をまっすぐに見つめ、心の中を見透《みす》かすように言った。肩《かた》にとまった真鍮《しんちゅう》の鳥も赤い宝石《ほうせき》の目を光らせ、生き物のように羽を動かす。

「私《わたし》の話が本当かどうか、ためしてみますか？」

店主は、彰《あきら》にメガネを差し出した。奇妙《きみょう》な形の丸メガネ。牛乳瓶《ぎゅうにゅうびん》の底のように厚《あつ》いレンズで、真鍮《しんちゅう》の細い柄《え》にいくつかの小さな歯車とネジがついている。

「特別軽くデリケートな素材《そざい》でつくられた精密《せいみつ》機器ですので、取《と》り扱《あつか》いは慎重《しんちょう》に」

彰《あきら》はためらいながらも、メガネを手に取り、装着《そうちゃく》してみた。店主の言う通り、おどろくほど軽い。どんな素材《そざい》でできているのだろうと不思議《ふしぎ》に思った。レンズだけでも重みがあるだろうに、まるで空気のようだ。

そのまま店内を慎重《しんちょう》に見渡《みわた》すと、販売台《はんばいだい》の向こうにいた店主の姿《すがた》が消えている。

「私《わたし》が見えなくなりましたか？」

その声におどろいてメガネを外すと、目の前に店主が現《あらわ》れてニヤリと笑う。

「このメガネは調整を済《す》ませたばかりですから、性能《せいのう》はたしかです。生きている人間は見えず、幽霊《ゆうれい》『しか』見えません。あなたも鏡で自分の姿《すがた》を確《たし》かめてみますか?」

「けっこうです。自分が幽霊《ゆうれい》じゃないことくらい、よくわかっていますから」

からかわれていると感じ、彰《あきら》はムッとした。この男が調整したメガネだって? そんなにかんたんに幽霊《ゆうれい》が見えるはずがない。どうせ手品に決まっている。しかし——。

メガネを手にして考え込《こ》む彰《あきら》に、店主が言った。

「この貴重《きちょう》なメガネを、あなたのほんの少しの記憶《きおく》と引《ひ》き換《か》えにおゆずりしますよ」

「記憶《きおく》で? ……それが代金なんですか? 記憶《きおく》を渡《わた》すかわりにこのメガネをくれると? いったいどうやって?」

店主は奥《おく》の棚《たな》から取り出した無色透明《とうめい》のガラス玉を販売台《はんばいだい》の上に置いた。

「支払《しはら》いはかんたんです。目を閉《と》じてこのガラス玉に手を触《ふ》れるだけ。すると、お客様の記憶《きおく》の一部が抽出《ちゅうしゅつ》され、この中に入ります。あなたのように興味《きょうみ》深い経験《けいけん》をもつ青年の記憶《きおく》を欲《ほ》しがる顧客《こきゃく》が——。おっと、失礼。さあ、どうしますか?」

何もかもが奇妙《きみょう》だった。だが、話を信じたいという気持ちにもなっている。実験は失敗したが、幽霊《ゆうれい》の可視化《かしか》をあきらめることは、ぜったいにできない。今までそれだけを考えて生きてきたのだ。霊視《れいし》メガネの話が本当なら、彰《あきら》の願望をまさに形にしたものだ。

「わかりました。このメガネ、買わせてもらいます」

彰《あきら》の返事を聞き、男は唇《くちびる》の端《はし》で微《かす》かに笑った。黒い瞳《ひとみ》が冷たく光る。

「お買い上げの商品は返品もクレームも受けつけませんので、ご承知《しょうち》おきを。ではこのガラス玉に手を触《ふ》れ、目を閉《と》じてください」

ガラス玉の中で白い煙《けむり》が渦《うず》を巻《ま》き、一筋《ひとすじ》の黒い筋《すじ》がまざる。奇妙《きみょう》なまだらもようを閉《と》じ込《こ》めたガラス玉は、やがて不思議《ふしぎ》な光を放ちはじめた。


暗い夜空にぼんやりと月が見えるようになったころ、彰《あきら》は研究室のある大学へ戻《もど》った。とっくに講義《こうぎ》も終わった時間なので、構内《こうない》に学生の姿《すがた》はない。

今となっては、何をそこまで悩《なや》んでいたのかわからない。どんな実験にも失敗はつきものではないか。落《お》ち込《こ》んで姿《すがた》をくらました彰《あきら》のことを、みんなは呆《あき》れているだろう。

勇気を奮《ふる》ってノブをまわし、そっとドアを押《お》した。何も変わっていなければいい。祈《いの》る気持ちで研究室内を見渡《みわた》す。

以前よりスッキリと片《かた》づいた研究室内で、みんなが研究にいそしんでいた。戸口に立ちつくしたままの彰《あきら》を見つけ、大輔《だいすけ》が「おお」とうれしそうに声をあげる。

「なんだよ、彰《あきら》。なかなか戻《もど》ってこないから、旅にでも出たのかと思ったぞ」

大輔《だいすけ》の軽口に、研究室のみんなが顔を上げて笑った。

「おかえり！　遅《おそ》かったな、京野《きょうの》」

「待ってたぞー、京野《きょうの》」

あたたかな歓迎《かんげい》だった。

「もう、心配させるんだから！　あー、帰ってきてくれてよかった！」

大原綾香《おおはらあやか》がやってきて、すねたように笑う。ホッとしたのは彰《あきら》のほうだ。

何ひとつ変わっていない。綾香《あやか》も、大輔《だいすけ》も、研究室のみんなも。

やはり心配のしすぎだったのだ。彰《あきら》は安堵《あんど》し、笑みを浮《う》かべて言った。

「みんな、いつも通りでよかったよ。連絡《れんらく》とらずにいてごめん。頭を冷やしていたんだ。そうそう、街をぶらついていたら、ちょっとおもしろいものを手に入れた。【霊視《れいし》メガネ】――幽霊《ゆうれい》を可視化《かしか》するメガネなんだってさ。こんなもので見えるなら苦労しないよな」

そう言いながら、彰《あきら》は買ってきたはずのメガネを探《さが》した。

「あれ？ ポケットの中じゃないな。すごく軽いから、どこかに落としたのかも」

すると、大輔《だいすけ》が笑いをこらえながら言った。

「もしかしてそのメガネって、おまえが今かけてるやつか？ 彰《あきら》」

彰《あきら》は手で自分の目元に触《ふ》れた。たしかにメガネをかけている。

「あ。そうだった。大学の門のあたりで、かけたんだった。おかしなメガネでみんなを笑わせようと思ってさ」

ハハハと笑いながらメガネを外した瞬間《しゅんかん》。研究室にいた全員が忽然《こつぜん》と姿《すがた》を消した。

「えっ……？」

彰《あきら》はメガネを持ったまま呆然《ぼうぜん》と立ちつくした。信じられない思いで、もう一度霊視《れいし》メガネをかける。すると、みんながまたフッと現《あらわ》れた。

「あ、あのね……。言いにくくて。京野《きょうの》くん、きっと気にして落《お》ち込《こ》んじゃうから……」

ためらいがちに綾香《あやか》が言った。

「一瞬《いっしゅん》のことだったの。ほら……、実験が失敗したでしょ？」

「う、うん。そこまでは覚えてる。そのあと、何かあったのか？」

不安になった彰《あきら》を慰《なぐさ》めるように、大井戸橋《おおいどばし》教授《きょうじゅ》が言った。

「何も聞いていないのか。ああ、きみは連絡《れんらく》を絶《た》っていたんだったな。だが、きみは悪くない。真剣《しんけん》に研究に取り組んでいただけだ。大丈夫《だいじょうぶ》だよ。きみがわざとあんなことをしたわけではないことを、私《わたし》たちはみんな知っている」

綾香《あやか》がうなずいて続けた。

「京野《きょうの》くんが研究室を走り出ていったあと、幽霊可視化装置《ゆうれいかしかそうち》から無色無臭《むしゅう》の毒《どく》ガスが漏《も》れて研究室内に充満《じゅうまん》したの。で、気がついたら、みんなでこうなってたってわけ」

大輔《だいすけ》も笑いながら言う。

「気にするなよ。幽霊《ゆうれい》は本当にいるという結論《けつろん》が出たんだからな。俺《おれ》たちが証拠《しょうこ》さ」

大輔《だいすけ》の体は、不自然に床《ゆか》から浮《う》いていた。足元が透《す》けているのだ。

実験失敗によるガス中毒死《ちゅうどくし》――。研究室内ががらんとしているのは、すべてが片《かた》づけられたあとだったからだ。なぜ、こんなに重大なことを忘《わす》れていたのか。

彰《あきら》はハッと気がついた。おそらく、あの店主に抜《ぬ》かれた記憶《きおく》はこれなのだと。そうでなくては、忘《わす》れるはずがない。彰《あきら》は、実験が失敗したというみじめさから逃《に》げていたのではなかった。自分が引き起こした、あまりにも重大な事故《じこ》の責任《せきにん》から逃《に》げていたのだ。

彰《あきら》の足がガクガクと震《ふる》える。

「すまない、みんな……。ど、どうか、許《ゆる》してくれ……。成功すると思ってた」

「うん。そうだよね。でも、だったらどうしてひとりで逃《に》げたの？」

綾香《あやか》が彰《あきら》を見つめて聞く。今まで見たこともないほど、冷たい視線《しせん》だ。

「し、し、失敗すると、すぐに毒《どく》ガスが漏《も》れて研究室内に充満《じゅうまん》してしまう。一刻《いっこく》も早く遠くへ逃《に》げないと危険《きけん》だったから……」

つい口を滑《すべ》らし、あわてて自分の口を両手でふさぐ。手のひらが汗《あせ》ばんでいた。

「そっかー。危険《きけん》だってわかってたんだー。だったら、実験すべきじゃなかったね」

綾香《あやか》に追及《ついきゅう》され、彰《あきら》は汗《あせ》だくで言《い》いわけした。

「で、でも、そんなことを言ってたら、実験までにあと何年もかかるだろ……。その間に別のだれかが先に装置《そうち》を完成させてしまうかもしれないし……」

大輔《だいすけ》が腕組《うでぐ》みしながら、彰《あきら》を冷たく見据《みす》えた。

「自分ひとりが先に手柄《てがら》をあげたくて、あせってたってわけか。で、京野《きょうの》はどうやって装置《そうち》をつくった？　まだ、足りないものがあっただろう？　まさか、俺《おれ》が寝《ね》る間《ま》も惜《お》しんで計算し、独自《どくじ》に開発したデータを、こっそり盗《ぬす》んだわけじゃないよな？」

教授《きょうじゅ》も彰《あきら》をギロリとにらみつける。

「京野《きょうの》くんは実験にどんなガスを使ったのかね？　まさか、私《わたし》が長い年月をかけて完成に近づけた危険《きけん》なガスを盗《ぬす》み、秘密裏《ひみつり》に使ったわけでもないだろう？」

「まさか、ねぇ」「ああ、まさか、な」

研究室のみんなが彰《あきら》を恐《おそ》ろしい目でにらみながら、ユラユラと近づいてきた。

恐怖《きょうふ》にかられて後ずさる彰《あきら》に近づき、綾香《あやか》がうらめしそうに言う。

「まさか、恋人《こいびと》を命の危険《きけん》にさらして自分だけ逃《に》げ出《だ》す卑怯者《ひきょうもの》じゃないよね？　私《わたし》の生《せい》存確認《ぞんかくにん》さえせずに、連絡《れんらく》を絶《た》って逃《に》げまわるなんて、まさか、ね」

突《つ》き刺《さ》すような鋭《するど》い視線《しせん》に、彰《あきら》は心底震《ふる》え上《あ》がった。声がかすれる。

「じ、事実を目の当《ま》たりにするのが怖《こわ》かったんだ……。ゆ……、許《ゆる》してくれ……。謝《あやま》るから……」

「もう遅《おそ》いよ。長年の夢《ゆめ》がようやく叶《かな》ってよかったじゃない。ね？　京野《きょうの》くん……」

金縛《かなしば》りにあったように動けない彰《あきら》の耳元で、綾香《あやか》が低くささやいた。

「幽霊《ゆうれい》のこと、嫌《いや》というほど教えてあげる……」

ゾッとして全身に鳥肌《とりはだ》が立った。今までに経験《けいけん》したことがないほどの恐怖《きょうふ》が彰《あきら》を襲《おそ》う。

壁《かべ》にかかった大きな鏡に目を泳がせると、彰《あきら》がかけた霊視《れいし》メガネだけが空中に浮《う》かび、大勢の幽霊《ゆうれい》に囲《かこ》まれてガタガタと小刻《こきざ》みに震《ふる》えていた。

まるごとU《ユー》S《エス》B《ビー》

勉強せずに、楽をして成績《せいせき》を上げるには、どうしたらいいのか。

三谷直紀《みたになおき》は、必要な努力は一切《いっさい》しないくせに、不必要なことには全力投球する。教科書や参考書を広げてコツコツ勉強するのは大嫌《だいきら》いだが、ズルをしてテストで百点を取る方法はないかと、熱心にインターネット検索《けんさく》するのは大好きなのだ。

だが、世の中そんなにうまい話があるはずがない。

中学三年生になって最初のテスト前夜も『ヤマカンで正答を導《みちび》き出《だ》す』というあやしいサイトの記事を熟読《じゅくどく》し、何ひとつ勉強せずに朝になった。当然のごとく、結果はズタボロ。

「三谷《みたに》。おまえ、少しは勉強したらどうだ。どの教科も、まったく努力のあとが見られ

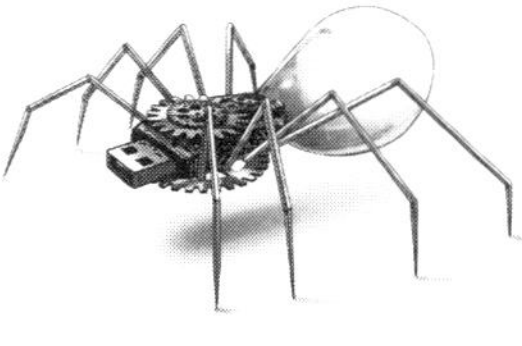

ないじゃないか。学校は居眠《いねむ》りと給食のためにあるんじゃないぞ」

担任《たんにん》は、苦虫をかみつぶしたような顔で直紀《なおき》に言った。

「このままじゃ、控《ひか》えめに言っても受験できる高校がない」

「ですよねー」

直紀《なおき》は大きくうなずいた。

「次回こそはいい点数を取れるようにがんばりますんで！　ぜったいに！」

もちろん、真面目《まじめ》に勉強をするつもりはこれっぽっちもない。がんばるのは『楽して成績《せいせき》を上げる方法』の模索《もさく》だ。

そんな直紀《なおき》が、学校からの帰り道に偶然《ぐうぜん》古ぼけたチラシを拾い、『黄昏堂《たそがれどう》』を見つけたのだ。手に入れたいアイテムは言わずもがなである。

歯車だらけの奇妙《きみょう》な店の中で、悔《くや》しいほどイケメンの店主が直紀《なおき》に言った。

「これは、【まるごとUSB《ユーエスビー》】。自分が蓄《たくわ》えた知識《ちしき》をバックアップするUSB《ユーエスビー》です」

販売台《はんばいだい》の上には、透明《とうめい》なガラスと真鍮《しんちゅう》でできた、奇妙《きみょう》な蜘蛛《くも》が乗っていた。豆電球の胴体《どうたい》に、歯車とネジでできた頭。金属《きんぞく》の長い脚《あし》が八本ついている。蜘蛛《くも》はまるで生きているかのように脚《あし》を動かし、販売台《はんばいだい》の上をのっそりと歩いた。店主が蜘蛛《くも》の電球部分をつまんで取り上げ、手のひらに乗せて直紀《なおき》に見せる。

「このように胴体《どうたい》が透明《とうめい》な時、蜘蛛形《くもがた》USB《ユーエスビー》は空腹状態《くうふくじょうたい》です。データを求めて動きますので、うっかり逃《に》がさないように。USB《ユーエスビー》を頭に近づけると脚《あし》が髪《かみ》に絡《から》みつきますので、電球の光が赤から緑に変わるまで待って取り外します。このUSB《ユーエスビー》の中に入れたデータが必要な時には、また頭にこのUSB《ユーエスビー》を近づけるだけ」

「すげー！　あ、でもひとつ問題が。俺《おれ》、頭ん中にバックアップするようなデータが全然入ってないんすけど。欲《ほ》しいのは、勉強しなくても頭がよくなる都合のいい道具で」

店主がやれやれといった表情《ひょうじょう》でため息をつく。

「このUSB《ユーエスビー》も、使《つか》い方《かた》によっては目的をはたすと思いますがね」

直紀《なおき》はかなり考えてから、ようやくポンと手を打った。

「そっか！　頭がいいやつのデータをこの中に入れて、俺《おれ》に移《うつ》せばいいんだ！」

「すすめているわけではありませんが。商品の使《つか》い方《かた》はお客様がお決めください」

「俺《おれ》の頭の中はからっぽだから、いっぱいデータを入れられるなー！」

「でしょうね」

「これください！　いくらっすか！」

店主はあまり気が進まない様子で、直紀《なおき》の前に透明《とうめい》なガラス玉を置いた。

「うちの商品はお金ではなく、お客様の記憶《きおく》で代金を支払《しはら》っていただくんです。まあ、いろんな記憶《きおく》を取りそろえたいので今回は特別に。では、これに手を触《ふ》れてください」

ガラス玉が、なんともあやふやな茶色に変わり、ぼんやりと光った。

直紀《なおき》は、親《しん》せきの叔父《おじ》さんのおごりでたらふく焼き肉を食べた時の、直紀史上《なおきしじょう》最高に幸せな思い出を失った。


翌日《よくじつ》、さっそく直紀《なおき》は学校に【まるごとUSB《ユーエスビー》】を持っていき、クラス一、いや学校一の秀才《しゅうさい》である戸山良《とやまりょう》の頭に近づけた。良《りょう》は、中学校の勉強はすでに終え、高校どころか大学受験の勉強をしていると、もっぱらの噂《うわさ》だ。

昼休みもひとり教室に残り、熱心に勉強する良《りょう》は、頭に何かがくっついていることにも気がつかないようだった。おそるべき集中力だ。

蜘蛛《くも》の胴体《どうたい》電球は、わずか数秒で赤から緑に変わった。良《りょう》の脳《のう》に蓄《たくわ》えられた知識がそれほどに多いのだろう。

「しめしめ。うまくいったぞ。これで次の試験は楽勝だ」

USB《ユーエスビー》を回収《かいしゅう》した直紀《なおき》は、にんまりと笑《わら》った。虫かごの中に蜘蛛形USB《くもがたユーエスビー》を入れる。

そしていよいよ明日に試験を控《ひか》えた夜。

直紀《なおき》は満腹状態《まんぷくじょうたい》の蜘蛛形USB《くもがたユーエスビー》を虫かごの中から取り出し、自分の頭に近づけた。

金属《きんぞく》の足が直紀《なおき》の頭にくっついたとたん、パーンと音がし、直紀《なおき》は気絶《きぜつ》した。

翌朝《よくあさ》、自分の部屋の床《ゆか》に仰向《あおむ》けで倒《たお》れていた直紀《なおき》は、窓《まど》から射《さ》し込《こ》む朝の光でようやく目を覚ました。腹《はら》を空《す》かせた蜘蛛形USB《くもがたユーエスビー》が、のそりのそりと徘徊《はいかい》している。

店主の言葉を、直紀《なおき》は思い出した。

「キャパオーバーで脳《のう》がフリーズしないように気をつけてください。限界《げんかい》だなと感じたらすぐにUSB《ユーエスビー》を取り外すこと」

直紀《なおき》はクックッと喉《のど》の奥《おく》で笑った。

「瞬殺《しゅんさつ》だったな。〇・一秒《びょう》で脳内《のうない》に知識《ちしき》が満ちたようだ」

使う言葉も、すでにグレードアップされている。

直紀《なおき》は不敵《ふてき》な笑みを浮《う》かべたまま登校し、教室の椅子《いす》にふんぞり返ってテストが配られるのを待った。机《つくえ》の上に裏返《うらがえ》して置かれたテスト用紙。

「では、これから数学の試験を始める」

担任《たんにん》の言葉で、教室の生徒がいっせいにテスト用紙の表を出す。

「フン。この程度《ていど》か。俺《おれ》にとっては子どもだましだな」

直紀《なおき》は鼻で笑い、テストの上部に名前を記入した。

《戸山良《とやまりょう》》

聴心器《ちょうしんき》

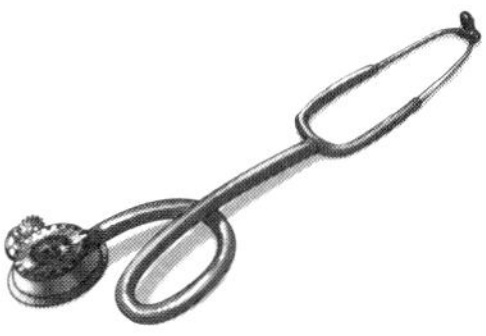

あら、先生のお耳にも入っているんですね。不思議《ふしぎ》な雑貨屋《ざっかや》の噂《うわさ》。ええ、私《わたし》も保健室《ほけんしつ》に来る生徒から聞いています。『黄昏堂《たそがれどう》』のことですよね？
放課後、わざわざ夕暮《ゆうぐ》れ時《どき》まで街をうろついて店を探《さが》す生徒がいるんですか？ 困《こま》ったことですけど、気持ちはちょっとわかる気もします。
でも、探《さが》すと見つからないらしいですね。探《さが》さないと見つかる？ そうですね、店のほうが選んだお客の前に姿《すがた》を現《あらわ》す。そんな感じなのかもしれません。信じられないかもしれませんが、『黄昏堂《たそがれどう》』は本当にあるんですよ。実はそのお店から不思議《ふしぎ》な商品を買った、という人を知っているんです。私《わたし》の親友のお兄さんがドクターで……。『黄昏堂《たそがれどう》』で、聴心器《ちょうしんき》を買ったそうなんです。心臓《しんぞう》や肺《はい》の音を聞く聴診器《ちょうしんき》じゃありません。見かけは一《いっ》緒《しょ》ですが、心の声が聞こえるという【聴心器《ちょうしんき》】です。

そのドクターは、痛《いた》みやつらさをうまく伝えることができない患者《かんじゃ》を専門《せんもん》に診《み》ていました。中にはかなり病状《びょうじょう》が進むまで疾患《しっかん》がわからず、手のほどこしようがなくなってしまう患者《かんじゃ》もいたそうです。どうしたら迅速《じんそく》に適切《てきせつ》な治療《ちりょう》ができるのだろうと真剣《しんけん》に悩《なや》んでいたところ、そのお店にたどり着いたのだということです。

噂通《うわさどお》り、黄昏時《たそがれどき》にチラシを見つけて。

ドクターは店主から【聴心器《ちょうしんき》】をゆずってもらい、患者《かんじゃ》の心の声を聞いて、適切《てきせつ》な治《ち》療《りょう》を行《おこな》えるようになりました。多くの命が救《すく》われたそうです。

意外ですか？『黄昏堂《たそがれどう》』は悪い噂《うわさ》ばかりかと、私《わたし》も思っていました。

ええ、たしかに先生のおっしゃる通り、その不思議《ふしぎ》な道具を手に入れたのが悪人ならば、だれかの秘密《ひみつ》を聞き出し悪事を働くことも可能《かのう》です。便利な道具ほど、手にした人の心の在《あ》り方《かた》で結果は大きく変わるということですね。

そのドクターと【聴心器《ちょうしんき》】は、幸運なめぐり合わせだったと思います。

奇妙《きみょう》な支払《しはら》い方法？　それも噂通《うわさどお》りらしいんです。ドクターは【聴心器《ちょうしんき》】を手に入れるため、自分の記憶《きおく》の一部を売りました。店の店主が記憶《きおく》を選んで抜《ぬ》き出《だ》すんですって。ドクターが店主に渡《わた》した記憶《きおく》はなんだと思います？　大切な思い出？　いいえ。子どものころ、停電《ていでん》したエレベーターに閉《と》じ込《こ》められてしまった時の記憶《きおく》だったみたいです。ドクターのエレベーター恐怖症《きょうふしょう》は有名で、本人も困《こま》っていたのですが、『黄昏《たそがれ》堂《どう》』へ行ってからは平気になったそうなんです。まわりの人も、突然《とつぜん》の変化におどろいていたとか。

ところで、そのお話には続きがあります。

ある日、ドクターの病院を受診《じゅしん》した患者《かんじゃ》の様子は、今までとちがっていました。食欲《しょくよく》もなく、気落ちした様子なのに、いくら【聴心器《ちょうしんき》】をあてても彼《かれ》の心の声を聞くことができないんです。

ドクターは患者《かんじゃ》の様子をよく知る家族から詳《くわ》しく話を聞き、なぜ彼《かれ》の胸《むね》の中がからっぽになってしまったのか、その原因《げんいん》を突《つ》き止《と》めました。

理由は、なんだったと思います？　恋《こい》の病《やまい》でした。

実は、患者《かんじゃ》は大失恋《だいしつれん》していたんですよ。隣《となり》の家のかわいらしい女の子にね。それで、心にポッカリ穴《あな》があいてしまった……というわけなんです。

はい。私《わたし》も、ドクターは名医だと思います。

先生も同じような病《やまい》にかかりそうだから、そのドクターに診察《しんさつ》してもらいたい？

どうでしょう。残念ながら、先生は診療外《しんりょうがい》じゃないかしら。生まれたばかりのうちの子は、ときどき診察《しんさつ》してもらっていますけど。

どうしましたか？　先生、なんだかショックを受けていらっしゃるようですけど、大丈夫《だいじょうぶ》ですか？　え？　私《わたし》に子どもがいるって知らなかった？　ち、ちがいますよ。私《わたし》は独身《どくしん》ですから。診《み》てもらっているのは、飼《か》いはじめたばかりの、うちの子猫《こねこ》です……。

あ、言《い》い忘《わす》れましたけど、ドクターは動物のお医者《いしゃ》さんなんですよ――。

お宝《たから》発《はっ》犬《けん》カラー

岩田丈《いわたじょう》は、根っからの悪党《あくとう》だった。数多くの悪事を働いてきたが、ずるがしこいので警察《けいさつ》に捕《つか》まったことは一度もない。悪事がバレそうになると、トカゲの尻尾《しっぽ》を切るように仲間や手下を見捨《みす》てて、自分は逃《に》げるからだ。

そんなことをくり返しているうちに、丈《じょう》と手を組もうとする者は、だれもいなくなった。悪人たちにすら、卑怯者《ひきょうもの》と見なされたのだ。

悪事の計画も、ひとりきりでは限界《げんかい》がある。やがて丈《じょう》の生活は苦しくなった。持ち金も底をつき、今夜の宿にも困《こま》るありさまだ。うまく金を得る手段《しゅだん》はないものか。

その時だった。飲食街の裏通《うらどお》りで、丈《じょう》は一枚《まい》の奇妙《きみょう》なチラシを見つけた。

足元に絡《から》みついて離《はな》れないそのチラシを手に取ってみると、古ぼけた色の紙に飾《かざ》り文《も》字《じ》で『黄昏堂《たそがれどう》』というおかしな店の名がある。

「《あなたの望みをすぐに叶《かな》える不思議《ふしぎ》な雑貨《ざっか》を、おどろきの低価格《ていかかく》で》だと?」

住所も地図も電話番号もない。開店時間は『黄昏時《たそがれどき》』。

丈《じょう》は西の空を見上げた。太陽は今まさにしずみ、蛍光《けいこう》カラーのオレンジと夕暮《ゆうぐ》れの闇《やみ》が不思議《ふしぎ》な色合いでまざりはじめている。

チラシに目を落とすと、さっきまでなかったはずの文字があった。

《先着一名様限《かぎ》り!【お宝発犬《たからはっけん》カラー】。首輪を愛犬の首につけるだけ。愛犬があなたのために隠《かく》れたお宝《たから》を探《さが》してくれます!》

「なんだ? 俺《おれ》をおちょくってやがるのか?」

イライラしながらチラシを丸めて捨《す》てようとし、手を止める。しわだらけのチラシをもう一度広げると、特売の日付は今日。この近くにある店だろうか。

眉《まゆ》をひそめてあたりを見渡《みわた》すと、店の入口は思いのほかあっさりと見つかった。せまい路地のずっと奥《おく》に、大きな歯車のついた銅色《あかがねいろ》のドアが見える。電飾看板《でんしょくかんばん》の文字が白く発光し、店名をぼんやりと浮《う》き上《あ》がらせていた。『黄昏堂《たそがれどう》』。

（あれか。あそこにあんな店があった記憶《きおく》はないが……。まあいい、様子を見てみるか。場合によっちゃあ、店のレジから金を奪《うば》ってもいいしな）

丈《じょう》はあたりを見渡《みわた》し、防犯《ぼうはん》カメラが設置《せっち》されていないことを確《たし》かめると、うす暗い路地へスッと体を滑《すべ》り込《こ》ませた。


せまい店内に入ると、丈《じょう》はあたりにすばやく目を走らせた。

風変わりな小物やアクセサリーなどが所せましと置かれている、女子どもの好みそうな雑貨屋《ざっかや》だが、うす暗くあやしげな雰囲気《ふんいき》が、どこか犯罪者《はんざいしゃ》のアジトのようでもあった。

店内に響《ひび》く微《かす》かな機械音は、壁《かべ》にある大小いくつもの歯車がまわる音だ。低い天井からは、幻想的《げんそうてき》に光る、さまざまな色彩《しきさい》のガラス玉がぶら下がっている。

店主の姿《すがた》は見えなかった。どうやら店を空けているらしい。

丈《じょう》は、飾《かざ》り棚《だな》にある小箱に目をつけた。繊細《せんさい》な装飾《そうしょく》がほどこされたふたには、美しい石がはめ込《こ》まれている。手に取って見ると、光の角度で暗い赤にも深い青にも変わる。

(ほう。めずらしい宝石《ほうせき》だ。こいつは売ればいい金になるぞ)

さりげなく小箱をポケットに入れようとすると、後ろから突然《とつぜん》男の声がした。

「それはかなり価値《かち》のある商品ですよ、お客さん」

丈《じょう》は小さく舌打《したう》ちし、小箱をしぶしぶ棚《たな》に戻《もど》して声の主を見た。白いシャツと革《かわ》のエプロンを身につけた若《わか》い男が、販売台《はんばいだい》の向こうから丈《じょう》を冷たく見つめている。

店主らしき男は、皮肉な口調で丈《じょう》に言った。

「その小箱に納《おさ》められた【呼《よ》び戻《もど》しの水】は、この店で一番高価《こうか》な品です。あなたには到底払《とうていはら》いきれません」

優男《やさおとこ》だが、やけに落《お》ち着《つ》き払《はら》った態度《たいど》が、一筋縄《ひとすじなわ》ではいかない雰囲気《ふんいき》をかもしだしている。男の肩《かた》にとまった真鍮《しんちゅう》の小鳥も、赤く光る目で丈《じょう》を見据《みす》えていた。

「【お宝発犬《たからはっけん》カラー】のお客様ですね? チラシをご覧《らん》になったのでしょう?」

男は丈《じょう》の心を見透《みす》かしたように言った。占《うらな》い師《し》のような態度《たいど》も気に食わない。

「どうせインチキ商品だろ。そんなにかんたんにお宝《たから》を見つけ出せるわけがねえ」

「それができるのです。埋《う》もれたまま見つからない宝《たから》は、案外身近にもあるのですよ。伝説になっているような埋蔵金《まいぞうきん》だけではなく、だれかが落とした高価《こうか》な宝石《ほうせき》や、わざと隠《かく》した札束などがね。いずれも、持ち主が名乗り出ることのないお宝《たから》です」

店主は後ろの棚《たな》の引き出しから、真鍮《しんちゅう》の歯車がついた茶色い革《かわ》の首輪を取り出し、販《はん》売台《ばいだい》の上に置いた。

「修理《しゅうり》したばかりなので、性能《せいのう》はたしかです。あなたの愛犬の首にこの首輪をつけると、犬はあなたを埋《う》もれた宝《たから》の元へと連れていくでしょう。ただし、ひとつの首輪につき、宝《たから》さがしは一回のみ。一度装着《そうちゃく》したら、壊《こわ》さないと取り外せません」

「ふ、ふざけたことを言うな」

「ふざけてなどいませんよ。私《わたし》はお客様の望みを叶《かな》える商品を、お手ごろ価格《かかく》でおゆずりしているだけ。この【お宝発犬《たからはっけん》カラー】の代金が、今なら思い出一日分です」

「思い出が代金だと？　意味がわからねえ。もっとわかりやすく説明しろ！」

丈《じょう》はムカッ腹《ぱら》を立てて声を荒《あら》らげたが、店主は少しも動じなかった。引き出しから野球ボールほどの大きさの無色透明《とうめい》のガラス玉を取り出し、販売台《はんばいだい》の上に置いて言う。

「お金ではなく、お客様の記憶《きおく》で品代を支払《しはら》っていただくのです。目を閉《と》じてこのガラスに手を触《ふ》れていただくと、お客様の一日分の記憶《きおく》がこの中に入り、それが【お宝発犬《たからはっけん》カラー】の代金となります。この説明でおわかりですか？」

「……記憶《きおく》？　どんな記憶《きおく》だよ？」

「こちらで選ばせていただきます。それでよろしければ」

店主は、冷静で意志《いし》の強そうな目をしている。こんな目をした男に「しのごの言わずに首輪を寄《よ》こせ！」などという脅《おど》しは効《き》かないと、丈《じょう》にはわかっていた。

丈《じょう》は腕組《うでぐ》みして眉間《みけん》にしわを寄《よ》せ、天井からぶら下がったいくつものガラス玉に目をやった。あれらは、品物と交換《こうかん》に客が支払《しはら》った記憶《きおく》だとでもいうのか。

あまりにも奇妙《きみょう》な話だが、ためしてみてもいいかもしれないと丈《じょう》は考えた。記憶《きおく》だのなんだのと言うが、結局は金を払《はら》わず、品物をタダでもらえるということだからだ。

「よし、それをもらおう。記憶《きおく》とやらを支払《しはら》ってやるよ」

丈《じょう》がそう言うと、店主は皮肉な笑みを浮《う》かべた。黒い瞳《ひとみ》があやしく光る。

「ありがとうございます。お買い上げの商品は返品もクレームも受けつけませんので、ご承知《しょうち》おきを。ではこのガラス玉に手を触《ふ》れ、目を閉《と》じてください」

丈《じょう》が触《ふ》れたガラス玉が、どす黒く鈍《にぶ》い光を放ちはじめた。


「さてと。効果《こうか》をためすには、犬が必要だが……。どうやって手に入れようか」

丈《じょう》は手に持った首輪を見ながら考えた。ペットショップで犬を買う金はない。保健所《ほけんじょ》に引き取りに行くのも面倒《めんどう》だ。手っ取り早く、外飼《そとが》いの犬でもさらおうか。

犬を探《さが》しながら歩いていくと、街灯下《がいとうか》のベンチに座《すわ》り、ギターを奏《かな》でて歌っている青年がいた。日暮《ひぐ》れだというのに、黒いサングラスをかけている。足元には毛の長い大きな犬がいて、地面に体を伏《ふ》せていた。犬の前には、ふたを開けたガラス瓶《びん》が置いてある。

青年の歌に足を止めているものはだれもいない。渡《わた》りに船だ。丈《じょう》はニヤリと笑った。

「兄さん、いい声をしているな」

丈《じょう》は青年の前に歩いていき、声をかけた。瓶《びん》の中にわざと音を立てて硬貨《こうか》を投《な》げ込《こ》むと、犬がうれしそうに尻尾《しっぽ》を振《ふ》った。青年がまっすぐ前を見たままにっこりと笑う。

「ありがとうございます。あなたは今日初めてのお客様です」

丈《じょう》がにらんだ通り、青年は盲目《もうもく》だった。ベンチには白い杖《つえ》が立てかけてある。

「近ごろは、ジャカジャカ楽器を弾《ひ》きならすうるさい歌ばかりだが、あんたの歌は静かで心にしみるよ。曲もいいし、ギターもうまい。この犬もいい子じゃねえか、なぁ？」

丈《じょう》は口から出まかせのお世辞《せじ》を言い、犬をなでた。優《やさ》しい茶色の目をしている。丈《じょう》は犬を飼《か》ったことはなかったが、おとなしい犬と気性《きしょう》の激《はげ》しい犬の区別くらいはつく。

「彼女《かのじょ》はこの世でたったひとりの、僕《ぼく》の家族なんです」

青年は微笑《ほほえ》んで言った。貧《まず》しい暮《く》らしなのか、体はやせぎすで、質素《しっそ》な服装《ふくそう》だ。

「僕《ぼく》は家でささやかに作曲の仕事をしていて、夕方になるとこうして公園で自作の歌を歌うんです。だれかひとりにでも、歌が届《とど》けばいいいと願って」

これ以上の条件《じょうけん》はない。たとえ丈《じょう》がこの犬を連れ去っても、この若い男はすぐに探《さが》すこともできないのだ。面倒《めんどう》な家族もいない。

「なるほどなぁ。ところで兄さん、ちょっと頼《たの》みがあるんだが。あんたのかわいいワンちゃんと、そこの公園をひとまわりさせてもらえないかい？　この子にそっくりな愛犬を亡《な》くしたばかりでね。日課だった夕方の散歩がなつかしいんだよ」

丈《じょう》の出まかせを、青年は素直《すなお》に信じた。

「それはおつらいでしょう。どうぞ、僕《ぼく》のサラがお役に立てるのなら」

青年は丈《じょう》をいたわるようにそう言って、犬のリードを差し出した。

「じゃあ、一周だけな」

丈《じょう》がリードを持って歩きはじめると、犬はおとなしくあとに従《したが》った。

青年から離《はな》れ、その姿《すがた》が見えなくなったところで、丈《じょう》は犬の首輪を外して捨《す》て、【お宝発犬《たからはっけん》カラー】にすばやくつけ替《か》えた。力任《ちからまか》せにリードを引《ひ》っ張《ぱ》る。

「さあ、俺《おれ》と一緒《いっしょ》に来い！　さっさと宝《たから》を探《さが》すんだ！」

だが、犬は丈《じょう》を見上げたまま、かたくなに動かなかった。青年の元へ戻《もど》ろうと脚《あし》を踏《ふ》ん張《ば》り、どれほど引《ひ》っ張《ぱ》ってもビクともしない。

丈《じょう》はカッとなって犬の腹《はら》をけり上げようとしたが、その寸前《すんぜん》で足を止めた。

(そうか。こいつは俺《おれ》の『愛犬』じゃないから案内しねえんだ)

犬は飼《か》い主《ぬし》への忠誠心《ちゅうせいしん》が厚《あつ》いと聞いたことがある。うっかり首輪をつけてしまったことを後悔《こうかい》したが、もう壊《こわ》さない限《かぎ》り取り外すことはできない。

(そうだ。この犬の飼《か》い主《ぬし》に宝探《たからさが》しをさせよう。俺《おれ》はその宝《たから》を取り上げりゃあいい)

丈《じょう》は悪《わる》だくみすると、青年の元へ戻《もど》った。リードを返して愛想《あいそ》よく言う。

「ポチを思い出して胸《むね》がいっぱいになったよ。ありがとうな」

「いいえ。こちらこそありがとうございます。僕《ぼく》も今日はこれで帰ることにします」

「俺《おれ》も帰るところなんだ。途中《とちゅう》まで一緒《いっしょ》に行っていいかい?」

「もちろんですよ。ではご一緒《いっしょ》に」

盲目《もうもく》の青年は、犬の首輪が変わっていることに気づかず、リードと白い杖《つえ》を持ってべンチから立ち上がった。犬が、待ちかねたように青年の先に立って歩きはじめる。

「おや？　サラ、どうした？　そっちはいつもの帰り道じゃないだろう？」

「なんだか、その犬はあんたをどっかに連れていきたそうだよ、兄さん」

「そのようですね。いつもは僕《ぼく》の横をおとなしく歩くんですが……」

とまどう青年を、犬は道案内するかのように歩く。

（ほう。こいつは期待できそうじゃねえか。さっさと宝《たから》を見つけてくれよ……）

丈《じょう》は宝《たから》を横取りするチャンスをうかがいながら彼《かれ》らのあとを追った。青年と犬は、公園を抜《ぬ》けて川のほうへと歩いていく。橋のたもとまで来ると、犬はそこで足を止めた。

「河原《かわら》へ下りたいのかい？　僕《ぼく》は行けないよ、サラ」

立ち止まる青年を見て、丈《じょう》はしめしめとほくそ笑んで言った。

「俺《おれ》が河原《かわら》までその子を連れていこう。何か気になることがあるらしいからな」

青年はここでも丈《じょう》の言葉をつゆほども疑《うたが》わず、素直《すなお》にうなずいた。

「すみません。では、お願いできますか？　僕《ぼく》はここに腰《こし》かけて待っていますので」

それから犬に向かって優《やさ》しく言う。

「サラ、行っておいで。大丈夫《だいじょうぶ》だよ。僕《ぼく》はここにいるからね」

犬は丈《じょう》とともに、草で覆《おお》われた土手を下りていった。河原《かわら》で足を止め、さかんにそのあたりのにおいをかいでいる。やがて犬は、茂《しげ》みのかげで「クーン」と鼻を鳴らした。

「おっ！　た、宝《たから》か？　お宝《たから》を見つけたのか？」

犬は、足で草を掘《ほ》りはじめた。バッバッと草が飛び散る。どうやら、積み上げた草の下に、何かがあるらしい。

すぐに、犬は目的のものを見つけ出した。それは、黒いアタッシュケースだった。

「どいてろ！　開けてみる」

丈《じょう》は興奮《こうふん》に震《ふる》える指で、鍵《かぎ》のかかっていないケースを開けた。中をのぞいたとたん、思わず「おお……」と声が漏《も》れる。中には、ぎっしりと札束が詰《つ》まっていたのだ。

「やった……！　やったぞ！　宝《たから》を見つけた……！　ぜんぶ俺《おれ》のもんだ！」

だがその時、犬が突然《とつぜん》うなり声をあげた。アタッシュケースに手をかけている丈《じょう》に牙《きば》をむいている。これは自分の主人のものだと主張《しゅちょう》しているのだ。

「くそ！　どけ！」

丈《じょう》が犬を乱暴《らんぼう》に追《お》い払《はら》おうとすると、犬は猛烈《もうれつ》な勢《いきお》いで吠《ほ》えはじめた。一歩も引き下がらず、全身の力を振《ふ》り絞《しぼ》るように吠《ほ》え続《つづ》ける。その騒《さわ》ぎを聞きつけ、たまたま土手の上の道を通りかかった見まわりの警察官《けいさつかん》が、自転車を降《お》りて遠くから丈《じょう》に声をかけた。

「どうしましたか？　大丈夫《だいじょうぶ》ですか？」

座《すわ》って待っていた青年が立ち上がり、「すみません、僕《ぼく》の犬です。ふだん吠《ほ》えることなどないのですが」と心配そうに言うのが聞こえる。

丈《じょう》はあせった。警察官《けいさつかん》と顔を合わせたくなかったのだ。逮捕《たいほ》こそされてはいないが、いくつかの重大事件《じけん》に関わっている自分が、身元を調べられるわけにはいかない。

丈《じょう》は舌打《したう》ちして金をあきらめ、脱兎《だっと》のごとく逃《に》げ出《だ》した。足がもつれるほど必死に走り、かなり遠くまで来たところでようやく足を止める。後ろを振《ふ》り返《かえ》り、警察官《けいさつかん》がいないことを確《たし》かめてから、両手を膝《ひざ》について体を折り曲げ、ゼイゼイと息を吐《は》いた。

「……ち、畜生《ちくしょう》……！　せっかく金を見つけたのに……！」

飼《か》い犬《いぬ》が落とし物を拾ったのだから、アタッシュケースの拾い主はあの青年になる。正直で素直《すなお》な男だったから、あの警察官《けいさつかん》と一緒《いっしょ》に交番へ行き、届《とど》けを出すだろう。

落とし物は警察《けいさつ》で保管《ほかん》され、落とし主が現《あらわ》れなければいずれ拾い主の手に渡《わた》る。

あのアタッシュケースの持ち主はぜったいに現《あらわ》れないと、丈《じょう》は確信《かくしん》していた。

あれほど大量の使い古した札束は、悪人中の悪人たちが、大きな悪事の取引をするために使うものだ。何かアクシデントが起こってあの場所に放置されたか、隠《かく》されたかしたのだろう。もしかすると、まさに金銭《きんせん》受《う》け渡《わた》しの最中だったという可能性《かのうせい》もある。

なんにせよ【お宝発犬《たからはっけん》カラー】をつけたあの犬は、悪人たちが秘密裏《ひみつり》に使うはずだった金を見つけた。店主の言った通り、主人である青年のためにお宝《たから》を見つけたのだ。

「あいつ、せっかく俺《おれ》が手に入れた首輪でうまいことやりやがって！」

地団太《じだんだ》を踏《ふ》んで悔《くや》しがる丈《じょう》の横に、黒塗《くろぬ》りの車がスッと止まった。窓《まど》ガラスが開き、黒いスーツを着た人相の悪い男が丈《じょう》をにらみつける。

「おい、よくも取引の邪魔《じゃま》をしてくれたな。おまえのせいで大金がパァだ」

アタッシュケースの持ち主が、丈《じょう》を追って来たのだ。にらんだ通り、あの金は悪事に使われる金だった。黒服の男が車を降《お》り、振《ふ》り切《き》って逃《に》げようとする丈《じょう》の前をふさぐ。

「待ちな。ここでおまえを逃《に》がすわけにはいかねえんだよ。ボスに説明が必要でな」

さらに数人、黒服の男たちが車から降《お》りてきて丈《じょう》を取《と》り囲《かこ》んだ。まずい事態《じたい》だ。

しらを切ろうとあせる丈《じょう》の顔を、黒服の男が間近から見つめて言った。

「あっ。丈《じょう》じゃねえか。久《ひさ》しぶりだなぁ。今までどこにいたんだよ?」

「えっ? あっ。なんだ、隆二《りゅうじ》か。脅《おど》かすなよ」

丈《じょう》の幼《おさな》なじみで大の親友の隆二《りゅうじ》だった。助かったと、力が抜《ぬ》ける。

「おまえでよかったよ、隆二《りゅうじ》。元気そうだな」

「ああ、ここでおまえに会えて、やっと元気が出たよ。ずっと探《さが》してたんだ」

隆二《りゅうじ》は丈《じょう》の両肩《りょうかた》に手を置いて聞いた。

「三年前のあの日、金庫から例のものを持《も》ち逃《に》げしたろう? どこに隠《かく》した?」

「いったいなんのことだ……。俺《おれ》がそんなことするわけねえだろ」

隆二《りゅうじ》は鬼《おに》のような形相《ぎょうそう》で丈《じょう》をにらみ、胸《むな》ぐらをつかむとドスの効《き》いた声で怒鳴《どな》った。

「何言ってやがる！　幼《おさな》なじみの俺《おれ》まで裏切《うらぎ》り、罪《つみ》をかぶせて逃《に》げたことを忘《わす》れたとは言わせねえ！　白状《はくじょう》するまで、容赦《ようしゃ》しねえぞ！」

隆二《りゅうじ》は昔から、切れると手がつけられなくなるほど凶暴《きょうぼう》になる恐《おそ》ろしい男だ。口に出して言ったことはぜったいに実行する。それが、どんなに残酷《ざんこく》なことであろうとも。

丈《じょう》の体が震《ふる》え出《だ》す。さっさと白状《はくじょう》して許《ゆる》しを請《こ》いたいが、『あの日』も『例のもの』も『どこに隠《かく》したか』も、丈《じょう》はなぜかまったく思い出せなかった。まるで、そこだけ記《き》憶《おく》をすっぽり抜《ぬ》き取《と》られたように。

「ま、待ってくれ、隆二《りゅうじ》。思い出す。お、思い出すから、許《ゆる》してくれ……！」

黒服の屈強《くっきょう》な男たちが暴《あば》れる丈《じょう》を捕《と》らえ、車に押《お》し込《こ》み連れ去っていった。

どこでも切手

うさぎのイラストがついたピンク色の封筒《ふうとう》が、一通、ポストの中に入っている。

背伸《せの》びして玄関先《げんかんさき》のポストのふたを開けた真鈴《まりん》は、がっかりして言った。

「お手紙、戻《もど》ってきちゃった……。玲《れい》くんのお名前、ちゃんと書いたのにな」

封筒《ふうとう》の表には、ひらがなで《いぶき　れい　くん　へ》と書いてある。裏《うら》を返すと、《しなのまち2　かしわば　まりん》。いくつか鏡文字《かがみもじ》のある、真鈴《まりん》の字だ。

五歳《さい》の真鈴《まりん》がひらがなの書き取りを一生懸命《いっしょうけんめい》練習したのは、友だちの伊吹玲《いぶきれい》くんと同じくらい文字を書きたかったからだ。

玲《れい》くんは、優《やさ》しくて賢《かしこ》くて、物静かな男の子だった。文字の多い絵本も読めたし、年《ねん》中《ちゅう》さんでもスラスラと文章が書けた。真鈴《まりん》はそんな玲《れい》くんが大好きだった。

「玲《れい》くんのおかげで、うちの真鈴《まりん》も読み書きに興味《きょうみ》がもてたんですよ」

真鈴《まりん》のママは、幼稚園《ようちえん》の園庭で、玲《れい》くんのママにニコニコ笑ってそう言っていた。玲《れい》くんのママもにっこり笑ってうなずいた。

「玲《れい》も人見知りで心配だったんですけど、真鈴《まりん》ちゃんと遊ぶのがとっても楽しそうで」

「本当によかったわ。これからも真鈴《まりん》と仲良《なかよ》くしてね、玲《れい》くん」

真鈴《まりん》のママが微笑《ほほえ》みかけると、玲《れい》くんが照《て》れ臭《くさ》そうに「うん」とこたえる。

あのころは、みんながニコニコ笑っていたのに。

少し前から、いろんなことがなんだかおかしくなった。玲《れい》くんは幼稚園《ようちえん》に来なくなり、先生に聞いても「ちょっとわからないの。ごめんね」と言われてしまう。

「ママ、玲《れい》くん、なんで幼稚園《ようちえん》に来ないの？　お手紙書いても戻《もど》ってくるよ」

ママはちょっと眉《まゆ》をひそめて言った。

「玲《れい》くんは、引《ひ》っ越《こ》したの。どこへ行ったのかだれもわからない。手紙は宛名《あてな》だけじゃなく、住所も書かないと届《とど》かないのよ。郵便《ゆうびん》配達のおじさんがたまたま真鈴《まりん》のことを知っているから、こうして親切に戻《もど》してくれているの。もう手紙を書くのはやめなさい」

真鈴《まりん》は「でも」と口を尖《とが》らせた。いつも持ち歩くお気に入りのショルダーバッグの中に、そっと玲《れい》くんへの手紙を忍《しの》ばせる。郵便局《ゆうびんきょく》のおじさんに聞けば、玲《れい》くんの住所をきっと教えてくれると思ったのだ。どうしても、玲《れい》くんに手紙を届《とど》けたい。

ママと一緒《いっしょ》に商店街へ買い物に出た時、チャンスが訪《おとず》れた。ママが幼稚園《ようちえん》のママ友と立ち話に夢中《むちゅう》になっている隙《すき》に、真鈴《まりん》は郵便局《ゆうびんきょく》の中へ駆《か》け込《こ》んだ。

「ねえ。封筒《ふうとう》、落としたよ。あんたのじゃない？」

入口近くに立っていた髪《かみ》の長い女の人が、ピンクの封筒《ふうとう》を拾い上げて言った。

「この封筒《ふうとう》じゃ、出しても届《とど》かないよ。宛《あ》て先《さき》が書いてないんだもん」

真鈴《まりん》は暗い表情《ひょうじょう》の女の人から封筒《ふうとう》を受け取り、小さな声でこたえた。

「郵便局《ゆうびんきょく》のおじさんに、玲《れい》くんの住所を教えてもらうの……」

「ふうん。郵便局《ゆうびんきょく》のおじさんは教えてくれないんじゃないかなぁ。あんた、連絡先《れんらくさき》のわからない男の子に連絡《れんらく》を取りたいんだね。あたしと同じ」

女の人は手に持った財布《さいふ》の中から、一枚《まい》の切手を取り出し、真鈴《まりん》に見せた。

「いいものあげる。これ、『黄昏堂《たそがれどう》』っていうお店で手に入れた、【どこでも切手】」

その切手には、金属《きんぞく》のロボットみたいな鳩《はと》と、歯車の絵が描《か》いてあった。真ん中に切り取り線があって、そこから上下二つに分けられるようになっている。

「これを貼《は》って出した手紙は、宛《あ》て先《さき》がなくても必ず相手に届《とど》くんだよ。自分宛《あ》てにためしてみたからわかる。切手の上の部分に糊《のり》付けして貼《は》るの。手紙を受け取った相手が切手の下半分を切り取って手紙に貼《は》ってくれれば、どこにいても返事を受け取れる」

女の人は切手を一枚《まい》真鈴《まりん》に手渡《てわた》すと、気《け》だるそうにうっすらと笑った。

「あたしが出した手紙もぜんぶ相手に届《とど》いたはずだけど、返事は一通も来なかった。何十通も出したのにね。この切手が最後の一枚《まい》。あんたには、返事が来るといいね……」

女の人がぼんやりと歩き去っていったあと、真鈴《まりん》は【どこでも切手】をすぐ封筒《ふうとう》に貼《は》った。大急ぎで赤いポストに投函《とうかん》する。ママは、まだおしゃべりに夢中《むちゅう》だった。

「玲《れい》くんのお父さんの会社、急に倒産《とうさん》するなんてねえ。だれにも行き先を知らせず、夜《よ》逃《に》げしたんですって……。人は見かけによらないわー」

それからしばらくたった連休に、真鈴《まりん》はパパの運転する車で、遠くの観光地に遊びに出かけた。後部座席《ざせき》にひとりで座《すわ》る真鈴《まりん》は退屈《たいくつ》でたまらない。

子どもゲーム機を取り出そうとショルダーバッグを開けると、家を出る時には入っていなかった白い封筒《ふうとう》があることに気がついた。

表には《かしわば　まりん　さま》と書いてある。裏《うら》を見ると、《いぶき　れい》。封《ふう》筒《とう》の角《かど》には、【どこでも切手】の切り取り線から下半分が貼《は》りつけられていた。

「わぁ！　玲《れい》くんからお返事が来た！　やったぁ！」

真鈴《まりん》は大喜《おおよろこ》びで封筒《ふうとう》を開けた。その声におどろき、助手席のママが振《ふ》り返《かえ》る。

「えっ？　玲《れい》くんからお返事？　まさか」

「本当だよ。ほら！」

真鈴《まりん》はママに手紙を見せてから、声を出して読みはじめた。車の中が暗くて読みにくいので、スイッチを入れたゲーム機の明かりで文字を追う。

《まりんちゃんへ。おてがみありがとう。すごくうれしかつたです……》

するとパパが声をひそめてママに言った。

「きみが返事を書いたんだろ？　ちょっと悪趣味《あくしゅみ》だな」

「書いてないわよ！　そんな気持ちになれないもの。この間あのことを知ったばかりなのに。きっと真鈴《まりん》がひとりで手紙ごっこをしているのよ。さびしがっていたから」

ママが小声でささやくと、パパも真鈴《まりん》を気遣《きづか》うように低い声でこたえる。

「あの玲《れい》くん一家が、交通事故《じこ》を起こすなんてな。気《き》の毒《どく》に」

「真鈴《まりん》には言わずにおくつもりよ。だれにも知らせずに引《ひ》っ越《こ》そうとした先で、三人とも帰らぬ人になったなんてね……。たしか、この道の先にある街に向《む》かっていたのよね」

パパとママの会話を、真鈴《まりん》はほとんど聞いていなかった。玲《れい》くんからのお手紙を読むことに集中していたからだ。

《ぼくがいまいるのは、ほそながくてくらいところです。おとうさんとおかあさんと、さんにんでずっとおなじところにいます。さびしくてたまらないから、まりんちゃんにあそびにきてほしいです……。まよわな……よう……にむ》

するとその時、ママが不安そうに言った。

「ねえ、パパ。まだ出口が見えないの？　ずいぶん長いトンネルね」

「おかしいよな。長すぎる。それに、他の車が走ってない。俺《おれ》たちだけだ」

パパは身震《みぶる》いし、強くアクセルを踏《ふ》んで車のスピードを上げた。

「早く出よう。このトンネル、気味が悪い……」

手紙を読みながら、真鈴《まりん》は大喜《おおよろこ》びで言った。

「ねえ、玲《れい》くん、迷《まよ》わないように迎《むか》えに来てくれるんだってー！」

真鈴《まりん》はそれからふと、高速で走る車の窓《まど》ガラスの外を見て、にっこりと笑った。

「あれ？　玲《れい》くん！　いつからそこにいたの？　もう、迎《むか》えに来てくれたんだね」

ミニチュア家族キット

「結実《ゆみ》ちゃん、いらっしゃい。ゆっくり遊んでいってね」

花南《かなん》の母親はそう言って、やわらかく微笑《ほほえ》んだ。笑顔のすてきなお母さんだ。広い玄《げん》関《かん》でかわいいスリッパに履《は》き替《か》えながら、結実《ゆみ》はうらやましさにため息をついた。

「はぁ～……。いいなぁ、花南《かなん》ちゃん。おうちは新しくて広くてすてきだし、お母さんは美人でオシャレで優《やさ》しいし。もー、うちのおこりんぼ母さんとは大ちがいだよ～」

花南《かなん》がクスクスと笑って結実《ゆみ》に言う。

「結実《ゆみ》ちゃんのお母さん、学校の帰りに会った時、すごく優《やさ》しく声をかけてくれたよ」

「外面《そとづら》がいいんだよ。家の中じゃ怖《こわ》いんだから～。宿題は？　片《かた》づけは？　って」

花南《かなん》は笑いながら、結実《ゆみ》を子ども部屋に案内してくれた。白いドアを押《お》し開《あ》ける。

「わぁ！　なんてかわいいお部屋！」

結実《ゆみ》は息をのんで花南《かなん》の部屋を見渡《みわた》した。白い床《ゆか》、お姫様《ひめさま》みたいな家具。まるで、オシャレなインテリア雑誌《ざっし》から抜《ぬ》け出《だ》してきたような部屋だ。

「花南《かなん》ちゃんちって、本当にすてき！　私《わたし》もこんなおうちに生まれたかったな」

六年一組に転校してきた花南《かなん》の両親は、とても裕福《ゆうふく》だ。タワーマンションに住むことを嫌《きら》い、結実《ゆみ》の小学校の校区内に大きな一軒家《いっけんや》を建てて引《ひ》っ越《こ》してきた。花南《かなん》はあか抜《ぬ》けた雰囲気《ふんいき》で近寄《ちかよ》りがたく、結実《ゆみ》も最初は話しかけづらかったのだが、思いきって声をかけてみたら気が合って、あっというまに仲良くなった。

「キッチンに行こうよ。ママが焼いたクッキーがあるの。最近、お菓子《かし》づくりに凝《こ》っちゃって、キッチンの戸棚《とだな》の中は手づくりクッキーを詰《つ》めたガラス瓶《びん》でいっぱい。パパも、これじゃお菓子《かし》の家になるぞって笑ってる。だから、たくさん食べていってね」

花南《かなん》は優《やさ》しくおだやかで、いじわるなところがまったくない。それはたぶん、腹《はら》が立ったり、不安になったりすることがないからだろうと結実《ゆみ》は思う。

（優《やさ》しいお母さんとお金持ちのお父さんとすてきな子ども部屋、かわいい妹。それに、フワフワの子猫《こねこ》とおいしいお菓子《かし》に囲《かこ》まれたら、私《わたし》だってニコニコしちゃうもん）

花南《かなん》のまわりには、まぶしいくらいに幸せがあふれている。

花南《かなん》の家で過《す》ごすにつれ、結実《ゆみ》の心はだんだん重苦しくなっていった。自分が置かれた環境《かんきょう》と、つい比《くら》べてしまうからだ。結実《ゆみ》はひとりっ子で、仕事に追われる父母はあまり家におらず、小さなアパートの部屋でひとり過《す》ごすことが多い。

花南《かなん》がキッチンでかわいい妹と仲良くお茶の用意をしているところを、母親が優《やさ》しいまなざしで見つめ、写真に写している。花南《かなん》が困《こま》ったように笑って結実《ゆみ》に言った。

「お母さん、写真をＳＮＳ《エスエヌエス》に投稿《とうこう》するのが趣味《しゅみ》なの。はずかしいったら、もう……」

結実《ゆみ》も笑顔を返そうと努力したが、顔がこわばってしまい、うまくいかなかった。

「私《わたし》、用事があるのを思い出したよ。今日はもう帰るね」

「えっ。もう？　じゃあ、クッキーをもっていってね。今、包んでくる」

「ありがとう」と、結実《ゆみ》は花南《かなん》からクッキーの包みを受け取ったが、帰り道、それをまるごと道端《みちばた》に捨《す》てた。胸《むね》の中がチリチリとして、苦しくてたまらない。

（どうして花南《かなん》ちゃんだけが、いっぱい幸せをもってるの……？）

足元に絡《から》みつく一枚《まい》の紙きれに気がついたのはその時だ。

手に取った古ぼけたチラシには、飾《かざ》り文字《もじ》で『黄昏堂《たそがれどう》』と書いてある。そこには、《先着一名様限《かぎ》り！【ミニチュア家族キット】。あこがれの写真を3D《スリーディー》コピー機に取《と》り込《こ》んで、ミニチュアをつくるだけ。並《なら》べて遊べば理想の家や家族があなたの思うままに》と書いてあった。黄昏色《たそがれいろ》の街の中、思わず顔を上げて店を探《さが》す。

細い路地のその奥《おく》に、奇妙《きみょう》な店の看板《かんばん》があった。


アパートに帰り、結実《ゆみ》は手に入れたばかりの【ミニチュア家族キット】を小さなテーブルの上に広げた。せまい部屋の隅《すみ》にある折りたたみのテーブルが、結実《ゆみ》の勉強机《づくえ》だ。

いくつかボタンのついた黒い箱を置き、キットに入った説明書を広げて読む。

「《1、付属《ふぞく》のタブレットで対象《たいしょう》の写真を検索《けんさく》し、ボタンを押《お》して決定します。2、3《スリー》

D《ディー》ボックスで、20分の1スケールのミニチュアをつくります。※画像は一部分でも、全体がはっきり写っていなくても可《か》。自動的に全体のスケールを割《わ》り出《だ》します。※人物写真の取《と》り込《こ》みもできます。※ユーザー登録が必要です。使用回数制限《せいげん》あり》」

説明はこれだけだ。結実《ゆみ》はとまどいながら、キーボードのないタブレットを手に取った。結実《ゆみ》の顔を認識《にんしき》したらしく、タブレットからピコンと電子音がした。自動でユーザー登録が完了《かんりょう》し、ディスプレイに《音声検索《けんさく》をしてください》という文字が流れる。

「さっき遊びに行った花南《かなん》ちゃんのおうちを探《さが》して」

まさか、そんなことでどうにかなるとは思っていなかった。だが、タブレットの画面には、花南《かなん》の家が映《うつ》し出《だ》されている。花南《かなん》の母親が撮《と》ってSNS《エスエヌエス》に公開している写真のようだった。半信半疑《はんしんはんぎ》でタブレットの決定ボタンを押《お》すと、黒いボックスのふたが開き、部品のようなものが転がり出てきた。小さいが、家の一部のように見える。

次々と出てくるミニチュアを順番につなぎ合わせると、かんたんに家の形になった。

「すごい！　花南《かなん》ちゃんちだ！　本物そっくり！」

結実《ゆみ》はタブレットに向かい、次々と音声で検索《けんさく》した。

「花南《かなん》ちゃんちの家具も探《さが》して。電化製品《せいひん》も、お洋服も、食べ物も」

タブレットに映《うつ》し出《だ》される写真は、3D《スリーディー》ボックスによって完全なミニチュアになった。家具も家電も、ガラス瓶《びん》と中に入ったクッキーまでが立体的に再現《さいげん》されている。

「あのお店の人、ちょっと怖《こわ》い気がしたけど、説明は嘘《うそ》じゃなかったんだ……」

このミニチュアキットが本当に欲《ほ》しいのかと、結実《ゆみ》を見つめて聞いた店主。なんだか友だちに嫉妬《しっと》する心の中を見透《みす》かされているようで、落ち着かない気持ちだった。

結実《ゆみ》はさまざまな写真でデータを取《と》り込《こ》み、ミニチュアをつくっていった。花南《かなん》、花《か》南《なん》の妹の梨音《りおん》、父親、母親。結実《ゆみ》の机《つくえ》の上に、花南《かなん》の家と家族が完全に再現《さいげん》される。

「結実《ゆみ》ちゃんね。いらっしゃい。ゆっくり遊んでいってね」

結実《ゆみ》は花南《かなん》の家族人形で遊びはじめた。ままごとをしたのは何年ぶりだろう。

「キッチンの戸棚《とだな》の中は、クッキーを詰《つ》めたガラス瓶《びん》でいっぱいなの」

花南《かなん》の人形を動かして口真似《くちまね》する。ダイニングに四人の家族を座《すわ》らせて、テーブルの上にごちそうを並《なら》べた。仲良くテーブルをはさんで食事する、すてきな花南一家《かなんいっか》。

「うーん、今日も食事がうまいな。わが家の料理は最高だね」

父親の口真似《くちまね》をして人形を動かしたあと、結実《ゆみ》は鼻にしわを寄《よ》せて言った。

「……なーんてね。バカみたい。幸せな家族ごっこはおしまい！」

結実《ゆみ》は父親のミニチュアを部屋からつまみ出し、キットの空箱の中に放《ほう》り込《こ》んだ。


「お父さんが昨日《きのう》、食事中に席を立って、理由もなく家を出ていってしまったの……」

花南《かなん》が涙《なみだ》ぐんでそう言ったのは翌日《よくじつ》のことだ。結実《ゆみ》は声も出ないほどおどろいた。

(まさか、ミニチュアキットが原因《げんいん》なの……？　それとも、偶然《ぐうぜん》？)

結実《ゆみ》は家に帰ると、半信半疑《はんぎ》でミニチュアの家から家具をいくつか取《と》り払《はら》った。すると、結果はすぐに現《あらわ》れた。花南《かなん》の母親が、急に家具を処分《しょぶん》しはじめたというのだ。

「やっぱりこれは、花南《かなん》ちゃんの生活のジオラマなんだ……」

罪《つみ》もない花南《かなん》の家族を苦しめているとわかっていた。それなのに、結実《ゆみ》は不幸のミニチュア遊びをやめることができない。ひとつひとつ、花南《かなん》の幸せを箱の中へ移《うつ》す。

本物の花南《かなん》の母は、物を最小限《さいしょうげん》しか持たないミニマリストになった。学校での花南《かなん》の表情《ひょうじょう》はどんどん暗くなっていき、やがて、花南《かなん》と妹、母親は遠くへ引《ひ》っ越《こ》していった。

「……だって、花南《かなん》ちゃんは幸せすぎたんだよ。もっと平等でもいいでしょ……」

結実《ゆみ》は湧《わ》き上がる罪悪感《ざいあくかん》を抑《おさ》え込《こ》もうと、自分に何度もそう言い聞かせた。からっぽになったミニチュアの家に自分の家族人形を入れる。毎晩《まいばん》遅《おそ》くまで働いている父のミニチュアも、パートをかけもちしている母のミニチュアも、あこがれの家具も。

数日後、結実《ゆみ》の父が高額《こうがく》の宝くじに当せんした。急に羽振《はぶ》りのよくなった父は、花南《かなん》一家が出たあとの家を買い、結実《ゆみ》の暮《く》らしは信じられないほど豊《ゆた》かになった。うらやましいと思っていたものすべてが手に入ったのだ。だが、結実《ゆみ》の心はしずんでいた。

結実《ゆみ》の家族の幸せは形だけだった。父と母は以前よりむしろケンカが多くなり、家族の中にはすきま風《ふ》が吹いている。忙《いそが》しくても優《やさ》しかった父は不機嫌《ふきげん》な顔をし、朗《ほが》らかだった母の顔からは笑みが消えた。結実《ゆみ》は、家族で過《す》ごした楽しい記憶《きおく》の一部が思い出せなくなっている。『望みが叶《かな》う品物を手に入れる対価《たいか》』はこれだったのだろうか。いくら体裁《ていさい》だけ取りつくろっても幸せにはなれないのだと、結実《ゆみ》はようやく気がついた。

「だれかと同じ幸せじゃなくていい。元の家族に戻《もど》りたい……」

結実《ゆみ》は昔のアルバムを見ながら、以前住んでいたアパートのミニチュアをつくりはじめた。その目に涙《なみだ》が込《こ》み上《あ》げ、頬《ほお》を伝って落ちる。結実《ゆみ》は後悔《こうかい》してつぶやいた。

「ごめんね、花南《かなん》ちゃん。本当にごめんね……。せめて花南《かなん》ちゃんの家族だけでも元に戻《もど》してあげたい……。どうしたらいいんだろう」

この家のミニチュアに花南《かなん》の家族を戻《もど》してみたが、何も変化はなかった。もう一度最初からつくり直そうにも、タブレットの画面には《ユーザー使用回数オーバー》と出る。

「私《わたし》じゃもうダメだ。花南《かなん》ちゃんを探《さが》し出《だ》して、このキットを届《とど》けることができたら」

その時、結実《ゆみ》は3D《スリーディー》キットの箱の中に、宛名《あてな》シールが入っていることに気がついた。

「【どこでも宅配便《たくはいびん》】……?」

「あれ。結実《ゆみ》ちゃんが何か送ってきてくれた。どうやってうちを探《さが》したんだろう」

花南《かなん》は不思議《ふしぎ》に思いながら、住所が書かれていないのに届《とど》いた荷物を開けた。

「あ。これ、なんだかお姉ちゃんに似《に》てるよ。わぁ、これは梨音《りおん》だぁ！」

箱の中身を見て、妹の梨音《りおん》が目を見張《みは》る。花南《かなん》もおどろいてミニチュアを手にした。

「ほんとだ！　前の家や家具にそっくりなミニチュアも入ってる！　すごいね」

行方《ゆくえ》のわからない父や、しずみがちの母に似《に》ている人形もある。ガラス瓶《びん》に入ったクッキーも、猫《ねこ》も。不思議《ふしぎ》なことに、以前住んでいた家と何もかもがそっくりだった。

「なつかしいね……。私《わたし》、あのおうち大好きだった。梨音《りおん》もでしょ？」

「うん！　ねえ、このコピー機みたいな箱は何に使うんだろうね？　お姉ちゃん」

「説明書には、ミニチュアハウスをつくれるみたいなこと、書いてあるね。いろいろとためしてみようか。幸せな気持ちになれるような、あたたかくて優《やさ》しい雰囲気《ふんいき》のお家をつくっていこうね。お母さんも、見たらきっと気に入ってくれるよ」

花南《かなん》はなつかしい家のミニチュアに家族四人の人形を並《なら》べ、にっこりと笑った。

減《げん》少《しょう》祈《き》願《がん》札《ふだ》

受験勉強をせずに、楽して志望校《しぼうこう》に合格《ごうかく》するには、どうしたらいいのか。

三谷直紀《みたになおき》は、相変わらず必要な努力は一切《いっさい》しないくせに、不必要な努力には前向きだった。そのため、もともと低い学力は、今や救《すく》いようのないほど低いレベルとなり、高校受験を三か月後に控《ひか》えているというのに、小学校低学年で習う漢字もろくに書けないというありさま。

「三谷《みたに》。おまえ、少しは受験勉強したらどうだ。どの教科も、まったく努力のあとが見られないじゃないか」

担任《たんにん》は、苦虫を何匹《びき》もかみつぶしたような顔で直紀《なおき》に言った。

「おまえが願書を出す（最低レベルの）高校の倍率《ばいりつ》は、1・25倍。100人受験して何人受かると思う?」

「先生。今、小さい声で最低レベルの、って言いましたね?」

「空耳《そらみみ》だ。おまえは本当に余計《よけい》なことにだけ注意深いな。さっきの質問《しつもん》に答えなさい。倍率《ばいりつ》は1・25。100人受験して何人受かるか」

「125人」

「……おまえの計算では、受けた人数より合格者《ごうかくしゃ》が多くなるんだな?」

担任《たんにん》は心底呆《あき》れた様子で、深いため息をついた。

「いいか、100人中20人落ちる。今のおまえはまちがいなくその20人のひとりだ。わかっているだろうが、内申点も絶望的《ぜつぼうてき》だ。死《し》に物狂《ものぐる》いで勉強しなさい」

「がんばって、ぜったいに合格《ごうかく》します!」

もちろん、真面目《まじめ》に勉強をするつもりはさらさらない。

「もっとも効率的《こうりつてき》に楽ができる方法といえば、あれしかないよなー。『黄昏堂《たそがれどう》』」

直紀《なおき》は、二度は行けないという噂《うわさ》の『黄昏堂《たそがれどう》』探《さが》しに、朝から晩《ばん》まで打《う》ち込《こ》んだ。執《しゅう》念《ねん》の捜索《そうさく》が実り、ついに直紀《なおき》は再度《さいど》『黄昏堂《たそがれどう》』のチラシを見つけたのである。

歯車だらけの奇妙《きみょう》な店の中で、店主が直紀《なおき》をおどろいたように見て言った。

「またあなたですか……。この店に二度訪《おとず》れる人はめったにいないんですが」

「へへ。俺《おれ》『もってる』タイプなんで！」

店主はチラシを印刷するらしい機械を見て腕組《うでぐ》みし、眉《まゆ》をひそめている。ゴーグルをつけ、ドライバーを取り出して、機械に不具合が起きていないか確認《かくにん》している様子だ。

「お兄さん。俺《おれ》、急いでるんすけどー。今日はマンガの発売日だし」

店主はあきらめたように小さくため息をつき、ゴーグルを外した。販売台《はんばいだい》の上に、引き出しから取り出したトレーディングカードのようなものを置く。カードには、浮《う》かれたガイコツが大きな鎌《かま》を野球のバットのように振《ふ》りまわしている絵が描《えが》かれていた。その上に《〇〇減少祈願《げんしょうきがん》》という赤い文字が、おどろおどろしく浮《う》き出《で》ている。

「これは【減少祈願札《げんしょうきがんふだ》】です。この〇〇の中に、あなたが減《へ》らしたいものの名称《めいしょう》を二文字で書《か》き込《こ》んで身に着けると、記入したものがあなたのまわりで減少《げんしょう》します。効果《こうか》は一日のみ。お札《ふだ》が破損《はそん》した場合はそこで効果終了《こうかしゅうりょう》。説明は以上です。出口はあちら」

「えー？　冷たいなー。説明そんだけ？　二文字ってムズいし。空気、とか？」

「いい案ですね。止めませんので、ためしに書いてみたらどうですか」

「てか、俺《おれ》が欲《ほ》しいのは、楽して受験に合格するアイテムなんすよ。最低でも20人、受験のライバルを減《へ》らせれば合格《ごうかく》するっぽいし。受験当日にみんなが試験を受けるのがめんどくさくなるとか、交通機関が謎《なぞ》の大渋滞《だいじゅうたい》を起こすとか、そういうヤバいアイテムね」

「この札《ふだ》も、使い方によっては目的をはたすと思いますがね」

「え。なんて祈願《きがん》すれば受験のライバルが減《へ》るんすかね？『ライバル減少《げんしょう》』？『成績《せいせき》のいいヤツ減少《げんしょう》』？　超字余《ちょうじあま》りかー。『天才減少《げんしょう》』も意味ないしなー。そもそも頭のいいヤツはぜったいに受けない高校だし。わかんねー。二文字手ごわい」

「では、必要ないということで」

店主があっさりと回収《かいしゅう》しようとしたお札《ふだ》に、直紀《なおき》はあわててしがみついた。

「今、思いついた！　俺《おれ》って追《お》い詰《つ》められると力を発揮《はっき》するタイプなんすよ。記憶《きおく》を支《し》払《はら》えばいいんでしょ？　俺《おれ》、過去《かこ》は振《ふ》り返《かえ》らないタイプなんでオッケーっす！」

店主はあまり気が進まない様子で、直紀《なおき》の前に透明《とうめい》なガラス玉を置いた。

「そうですか……。まあ、では、この玉に手を触《ふ》れ、目を閉《と》じてください」

ガラス玉が、なんともあやふやな黄昏色《たそがれいろ》に変わり、ぼんやりと光った。

直紀《なおき》は、以前ここに来た時の記憶《きおく》をすっかり失った。


相変わらず勉強せずにダラダラ過《す》ごし、ついに受験当日。

家から出る前、減少祈願札《げんしょうきがんふだ》に二文字で願いごとを書き、直紀《なおき》はニヤリと笑った。

「これで俺《おれ》の合格《ごうかく》は決定だな。受験会場に行きさえすればいいんだから楽勝だ」

直紀《なおき》はお札《ふだ》を学生服のポケットに入れ、余裕《よゆう》をかまして家を出た。だが、駅で思わぬアクシデントが起こった。電車に乗ろうとしたが、開いているドアが見当たらずに乗《の》り遅《おく》れてしまったのだ。次に来た電車は、直紀《なおき》が乗《の》り込《こ》もうとするとドアが閉《し》まる。

ホームを走り、電車の最後尾《さいこうび》でようやく開いているドアを見つけ、滑《すべ》り込《こ》んだ。

「ギリギリセーフ。ヤバかった……。……あせったら腹《はら》が痛《いた》くなってきたし……」

電車の中、直紀《なおき》は脂汗《あぶらあせ》をかいて腹《はら》の痛《いた》みをこらえた。駅に着くなりトイレを探《さが》す。

「トイレ、トイレ。トイレはどこだ？ あ、あった！」

ようやく見つけたトイレの個室《こしつ》は、どういうわけかすべて使用中か使用禁止《きんし》。羞恥《しゅうち》で死ぬか腹《はら》の痛《いた》みで死ぬかの選択《せんたく》を迫《せま》られたとき、やっと個室《こしつ》の中からノロノロと老人が出てきた。試験開始時間は刻々《こくこく》と迫《せま》っている。いくらライバル減少祈願《げんしょうきがん》をしても、受験しなければ合格《ごうかく》はできないのだ。

「ヤバイヤバイヤバイ！ なんとか受験会場にたどり着かないと」

トイレから出て、猛《もう》ダッシュで受験会場へ。バスには乗らなかった。ドアを探《さが》せない気がしたのだ。息を切らして走り、なんとかたどり着く。今度は門が見つからない。

「どこだよ？ みんな、どっから入ったんだよー！」

直紀《なおき》は必死で塀《へい》をよじ登り、乗《の》り越《こ》えた。玄関《げんかん》が見つからず、建物のまわりをまわること三周。なんとか会場内へ入り、ようやく受験する教室の前にたどり着いたが、なぜかドアに鍵《かぎ》がかかっている。ドンドンとドアを叩《たた》き、試験開始ギリギリで席に着いた。

ホッとしてあたりを見渡《みわた》す。そのとたん、直紀《なおき》は絶望《ぜつぼう》してうめいた。

「マジかよ？　ライバル全然減少《げんしょう》してねーじゃん！　全員席に着いてるし！　受験人数をゴッソリ減《へ》らす二文字計画は完璧《かんぺき》だったはずなのに！」

直紀《なおき》はポケットからお札《ふだ》を出し、今朝《けさ》書いた自分の文字を確認《かくにん》した。

（おかしい。何もまちがってねーし。《人口〈じんこう〉減少祈願《げんしょうきがん》》、と書いてある。俺《おれ》のまわりから人がいなくなれば、棚《たな》ぼたで受験を突破《とっぱ》できるはずだよな？）

だがお札《ふだ》には、ミミズがのたくったようにへたくそな字でこう書いてあった。

《入口〈いりぐち〉減少祈願《げんしょうきがん》》

宝石《ほうせき》の缶詰《かんづめ》

「ひどいありさまだな……」

古川正道《ふるかわまさみち》は、険《けわ》しい表情《ひょうじょう》で山の上からふもとの村を見渡《みわた》した。

ギラギラと照りつける真夏の太陽の下、村じゅうの田んぼが干《ひ》からびている。乾《かわ》いた土の上で野菜は枯《か》れ、果樹《かじゅ》の葉は黄変していた。村の中心を横切る川に水はなく、川底には乾《かわ》いた大きな石が転がっている。

ここ数年、この地方は情《なさ》け容赦《ようしゃ》ない自然の猛威《もうい》にさらされていた。正道《まさみち》が住む村は特に被害《ひがい》が大きく、そのひさんなありさまは何度もニュースで取り上げられたほどだ。夏の猛暑《もうしょ》。春の長雨。秋の低温。冬の豪雪《ごうせつ》。

農業で生計を立てる者がほとんどだった村は、貧《まず》しさにあえいだ。過酷《かこく》な環境《かんきょう》に耐《た》え

かね、人々は泣く泣く村を離《はな》れはじめている。彼《かれ》らは皆《みな》、この自然豊《ゆた》かな美しい土地に愛着をもっていたが、住《す》み慣《な》れた村を出て、街へ出ざるを得《え》ない状況《じょうきょう》に追《お》い込《こ》まれてしまったのだ。父親だけが遠くの街に働きに出て、バラバラになって暮《く》らす家族もいる。

「真面目《まじめ》に一生懸命《けんめい》働いてきても、天はこんな仕打ちをするのか……」

正道《まさみち》が苦々しくつぶやいた時、車が山道を上ってくる音がした。宅配の車だ。

「古川《ふるかわ》さーん、お荷物ですー」

配送員は正道《まさみち》に小荷物をひとつ渡《わた》すと、すぐに元来た道を戻《もど》っていった。

頑固《がんこ》で人づき合いが下手《へた》な正道《まさみち》の家に、だれかが訪《たず》ねてくることはめったにない。まして、荷物を送ってくる者などいなかった。

差出人を見ると、正道《まさみち》のひとり娘《むすめ》の名がていねいな字で記されている。

「……百合《ゆり》か。今さらなんだ?」

妻《つま》の雪江《ゆきえ》を亡《な》くして、さらに頑固《がんこ》になった正道《まさみち》と大ゲンカをし、六年前に家を出ていった娘《むすめ》だ。当時高校を卒業したばかりだった百合《ゆり》も、もう二十四。月日がたつのは早いものだと思う。

正道《まさみち》は荷物をもって家の縁側《えんがわ》に座《すわ》った。テープをはがしてダンボール箱の中を確《たし》かめる。新聞紙にくるまれて、丸い小さな缶《かん》がひとつ入っていた。

缶《かん》には古ぼけた紙のラベルがついており、サクランボのような美しい赤い実を描《えが》いた日本画風の絵がついている。【宝石《ほうせき》の缶詰《かんづめ》】と、縦書《たてが》きの墨文字《すみもじ》で書かれていた。

「宝石《ほうせき》の缶詰《かんづめ》？」

正道《まさみち》は、手にした缶詰《かんづめ》を見つめた。添《そ》えられた手紙を開く。

《お父さん。お久《ひさ》しぶりです。猛暑《もうしょ》が続いていますが、体調はどうですか？ 突然《とつぜん》荷物が届《とど》いておどろいたことでしょう。どうしても渡《わた》したいものがあったのです。【宝石《ほうせき》の缶詰《かんづめ》】という品です。ここ数年、悪天候《あくてんこう》や自然災害《さいがい》のニュースを見るたびに、いたたまれない気持ちになっていました。遠く離《はな》れて暮《く》らしていても、私《わたし》の故郷《こきょう》はこの村。何かできることはないだろうかと日々思《おも》い悩《なや》んでいたところ、偶然《ぐうぜん》見つけた奇妙《きみょう》な店でこの不思議《ふしぎ》な品を手に入れたのです。店主が言うには、かなり昔の貴重《きちょう》な品が、ひとつだけ

残っていたとのこと。どうか、希望の種となりますように……。百合《ゆり》》

「いったい、何を送って寄《よ》こしたんだ」

正道《まさみち》は箱から缶《かん》を取り出した。少し重みのある缶《かん》だ。振《ふ》ると、カサッと音がする。プルトップに節くれだった指を入れて引《ひ》っ張《ぱ》ると、ペコンと音がし、軽くふたが開いた。

「土じゃないか。こんなものをわざわざ送ってくるとは、どういうことだ」

缶《かん》の中には、よく肥《こ》えた黒い土が入っていた。和紙の巻物《まきもの》が、小さなタケノコのように土から頭を出している。《宝石《ほうせき》の缶詰《かんづめ》・説明書》。

筆文字で書かれた説明書を読む。ラベルの美しい絵も文字も、手書きのようだった。

《この缶詰《かんづめ》には、古来より伝わる宝石《ほうせき》の種を、発芽前の状態《じょうたい》で保存《ほぞん》しています。厳選《げんせん》された培養土《ばいようど》に、特殊《とくしゅ》な微生物《びせいぶつ》、有機物を最適《さいてき》な分量で配合しました。缶《かん》ごと地中に植えて水をコップ一杯《ぱい》そそぐだけで、乾燥《かんそう》した土地、やせた土地でも速《すみ》やかに発芽し、力強く根を伸《の》ばして成長します。約一週間から十日後に開花し、三日から五日後に実をつけます。実が赤く熟《じゅく》し、さらに透《す》き通《とお》って光を透過《とうか》させ、中の種が確認《かくにん》できるようになってから収穫《しゅうかく》してください。宝石《ほうせき》の実から美しい種が採《と》れます。※一：缶《かん》はエコ局認定《きょくにんてい》のエコ金属《きんぞく》を使用しておりますので、微生物《びせいぶつ》の力で分解《ぶんかい》し、土に返ります。※二：実の収《しゅう》穫《かく》はひと缶につき一度のみです。収穫《しゅうかく》した実から採《と》れた種は発芽しませんので宝石《ほうせき》としてご鑑賞《かんしょう》ください。※警告《けいこく》：収穫《しゅうかく》時、『目を持たない鳥』に細心の注意を払《はら》うこと》

正道《まさみち》はあっけにとられて説明書を見つめた。

「こんなバカバカしい物を送りつけてくるとは」

腹《はら》が立ってきて、正道《まさみち》は缶詰《かんづめ》を表に投《な》げ捨《す》てた。硬《かた》い地面に跳《は》ね返《かえ》り、横になった缶《かん》から黒い土がザッとこぼれる。すると、中から一センチほどの丸い玉が転がり出た。太陽の光を受け、キラキラとまぶしくかがやいている。

正道《まさみち》はハッとして縁側《えんがわ》から立ち上がり、赤い玉を手のひらの上に拾い上げた。

「……これが……宝石《ほうせき》の木とやらの種なのか……？」

正道《まさみち》はそのかがやきに魅了《みりょう》され、うっとりと見入った。種はさまざまな色調の赤い光を閉《と》じ込《こ》めた、オパールのようにも見える。宝石《ほうせき》のことなどほとんど知らないが、それでも手の中にある赤い玉の稀《まれ》なる美しさはハッキリとわかった。

よく見ると、赤い玉の中心に、一筋《ひとすじ》の鮮《あざ》やかな緑がある。多くの農作物を育ててきた正道《まさみち》は、その緑の光に植物の強い生命力を感じた。これはおそらく、植物の芽だ。

正道《まさみち》は太陽の熱に焼けた地面に膝《ひざ》をつき、こぼれた土を慎重《しんちょう》に集めて缶《かん》の中へ戻《もど》した。缶《かん》に詰《つ》めた黒い土の真ん中に指先で穴《あな》をあけ、赤い宝石《ほうせき》の種をそっと押《お》し込《こ》む。

それから、正道《まさみち》は缶《かん》と水を入れたコップを持って畑に行った。乾《かわ》きすぎて、もはや何も産み出すことのできない畑。虫一匹《ぴき》生きられない畑だ。カラカラに干《ひ》からびた硬《かた》い土を鍬《くわ》で掘《ほ》り起《お》こすたび、黄色い土ぼこりが風に舞《ま》う。

正道《まさみち》は畑にしゃがみ込《こ》み、宝石《ほうせき》の種を入れた缶《かん》を穴《あな》の底に埋《う》めた。土をかぶせ、その上にコップの水をそそぐ。水はあっというまに土に吸《す》い込《こ》まれていった。

水がしみて色が変わった土の上の小さな円を、正道《まさみち》はじっと見つめた。何も起こるはずがないと思いつつも、もしかしてという希望を捨《す》てきれない。

しばらくすると、土の上に、ひょっこりと赤い芽が出てきた。

「おお……。なんと。発芽したぞ……！」

モヤシというより、赤い頭のきのこのようだった。その赤い頭がパカッとふたつに割《わ》れ、そこからみるみるうちに葉が広がる。みずみずしく、やわらかな緑の葉だった。

おどろきに目を見張《みは》る正道《まさみち》の前で、宝石《ほうせき》の種から発芽した芽は葉を四枚《まい》に増《ふ》やし、八枚《まい》に増《ふ》やし、天に向《む》かってグングンと伸《の》びていく。

まるで録画した映像《えいぞう》を早送りで見ているようだった。目の前で起こるあまりにも不思《ふし》議《ぎ》な現象《げんしょう》に、夢《ゆめ》を見ているのではないかと何度も頬《ほお》をつねってみる。

苗《なえ》は、あっというまにしなやかな若木《わかぎ》となった。悪条件《あくじょうけん》をものともせずに枝葉《えだは》を増《ふ》やし、幹《みき》を太らせる。二時間もたったころには、木は正道《まさみち》の背丈《せたけ》ほどにも伸《の》びていた。

やがて西の空に陽《ひ》が落ち、あたりが暗くなると、宝石《ほうせき》の木の成長は止まった。

「どうやら、成長には陽《ひ》の光が必要らしい。今日のところは、これで休むとするか」

翌朝《よくあさ》は、朝飯もそこそこに、日が昇《のぼ》る前から畑に出た。朝日が昇《のぼ》り、あたりを照らしはじめると、若木《わかぎ》はまた伸《の》びていく。正道《まさみち》は、毎日祈《いの》る思いで植物の成長を見守った。

そして一週間後。宝石《ほうせき》の木は、今や見上げるほどの大木となっていた。

「なんという不思議《ふしぎ》な木だ……」

雨ひとつ降《ふ》らない乾《かわ》いた大地にしっかりと根を張《は》り、のびやかに枝葉《えだは》を広げている木。幾重《いくえ》にも重なった緑の葉の向こうに、まぶしい真夏の青空が見える。

この木に宝石《ほうせき》の実がなるとしたら。正道《まさみち》は考えた。すべて収穫《しゅうかく》して種を採《と》ったら、どれほどの価値《かち》になるだろう。説明書の通りなら、相当の富を生むかもしれない――。

ところが、翌日《よくじつ》、宝石《ほうせき》の木に異変《いへん》が起こった。緑の葉が徐々《じょじょ》に黄変し、一枚《まい》、また一枚《まい》と散りはじめたのだ。

正道《まさみち》はあわてて家に駆《か》け戻《もど》り、大きな鍋《なべ》に水を入れた。重い鍋《なべ》を抱《かか》えて畑に戻《もど》り、宝《ほう》石《せき》の木の根元にかける。汗《あせ》を流し、何度も家と畑を往復《おうふく》して水をまき続けた。

だが、正道《まさみち》の努力をあざ笑うかのように、照りつける太陽の光と熱が一瞬《いっしゅん》で土を乾燥《かんそう》させる。葉の黄変を、止めることはできなかった。一枚《まい》残らず葉が枯《か》れ落《お》ちていく。

正道《まさみち》は落胆《らくたん》し、うなだれた。急にひどく疲《つか》れを感じ、立っているのもやっとだった。

重い足を引きずるように家に戻《もど》る。その夜は心配で一睡《いっすい》もできなかった。

しかし、翌朝《よくあさ》畑に様子を見にいくと、希望が戻《もど》っていた。葉を落とし、一見枯《か》れたように見える枝《えだ》の先に、ふっくらとした芽をいくつも見つけたのだ。

その芽がだんだんと膨《ふく》らみ、愛らしい赤みを帯びてくる。

「宝石《ほうせき》の木が花芽をつけたぞ！」

落葉後、枯《か》れ木《き》に花が咲《さ》くように見える、桜《さくら》のような植物なのかもしれない。

翌日《よくじつ》になると、花芽はさらに大きく膨《ふく》らんだ。期待を込《こ》めて見守る正道《まさみち》の目の前で、うす紅色《べにいろ》の花が開花しはじめる。そして夕方。宝石《ほうせき》の花は、ついに満開となった。

過酷《かこく》な条件《じょうけん》の中でも乾《かわ》いた地にしっかりと根を下ろし、わずかな水を吸《す》い上《あ》げて枝《えだ》を広げている宝石《ほうせき》の木。そこには、無数の赤い花が、幻想的《げんそうてき》に咲《さ》き乱《みだ》れていた。

圧倒的《あっとうてき》な美しさに胸打《むねう》たれ、正道《まさみち》は満開の花をただただ見つめていた。種を植えてから、十日目のことだった。

やがて、花びらがはらはらと舞《ま》うように散りはじめた。地面に広がる、やわらかなうす紅色《べにいろ》の美しい敷物《しきもの》。花が落ちたあとの枝《えだ》には小さな実がついている。見るまにふっくらと膨《ふく》らみ丸みを帯びていく宝石《ほうせき》の実。いよいよ収穫《しゅうかく》が近づいているのだ。

期待に胸《むね》を膨《ふく》らませる正道《まさみち》の脳裏《のうり》に、ふと説明書にあった言葉がよぎる。

《収穫時《しゅうかくじ》、『目を持たない鳥』に細心の注意を払《はら》うこと》

たしか、そう書いてあったのではなかったか。とり、トリ、鳥。正道《まさみち》は文字を思《おも》い浮《う》かべた。鶯《うぐいす》、啄木鳥《きつつき》、山鳩《やまばと》。山には多くの鳥がいるが、目を持たない鳥などいない。

もしや化《ば》け物《もの》かもしれないと、正道《まさみち》は不安になった。これほどに奇妙《きみょう》で不思議《ふしぎ》な木が実在《じつざい》するなら、その実を好む化け物がいてもおかしくはない。

宝石《ほうせき》の実が熟《う》れて赤くなり、透《す》き通《とお》りはじめたのを見て正道《まさみち》は覚悟《かくご》を決めた。この木の下で、寝《ね》ずの番をすることにしたのだ。化け物は夜の闇《やみ》の中で徘徊《はいかい》すると、子どものころ、祖父《そふ》に脅《おど》かされたことがある。もし化け物が現《あらわ》れるとしたら、収穫前《しゅうかくまえ》の今夜だ。

正道《まさみち》は、日が暮《く》れると同時に薪《まき》に火をくべて赤々と燃《も》やし、猟銃《りょうじゅう》を抱《かか》えて木のそばにうずくまった。夜通し闇《やみ》に目を凝《こ》らし、あやしい物音がしないかと聞き耳を立てる。

黒々とした山はどこまでも静まり返り、聞こえてくるのは、自分の心臓《しんぞう》の音だけだ。緊張《きんちょう》で汗《あせ》ばむ手が乾《かわ》くころ、うっすらと夜は明けた。山の向こうに朝日がのぞく。

「……よし、なんとかしのいだようだな。いよいよ今日、収穫《しゅうかく》するぞ」

さわやかに晴れた朝だった。ホッと肩《かた》の力を抜《ぬ》いて宝石《ほうせき》の木を振《ふ》り仰《あお》ぐと、たわわに実った赤い実に朝の光が透《す》け、キラキラとかがやいている。実の中には種が育っていた。この世の物とは思えないほどの美しさだ。

夢《ゆめ》のような光景に心を奪《うば》われていた、その時。

急に空が暗くなった。明け方の山の向こうから真っ黒い巨大《きょだい》な影《かげ》が近づいてくる。それはあっというまにやってきて、宝石《ほうせき》の木をまるごとのみ込《こ》んだ。

「これが目のない化け物なのか⁉　くそう、ぜったいに実を渡《わた》すものか！」

恐《おそ》ろしい羽音と耳をつんざく鳴き声があたりに響《ひび》いた。銃《じゅう》を構《かま》えた正道《まさみち》に影《かげ》の一部が襲《おそ》い掛《か》かり、視界《しかい》をふさぐ。正道《まさみち》はよろめき、傷《きず》ついた腕《うで》で自分の目をかばった。

大声でわめきながら猟銃《りょうじゅう》をかまえ、黒い化け物に向かって何度も引き金を引く。山に銃声《じゅうせい》が響《ひび》き渡《わた》った。黒い影《かげ》は不気味に形を変えながら広がり、散り散りになって遠くへ去っていった。すべてが一瞬《いっしゅん》のことだった。

「実が……。宝石《ほうせき》の実が……！」

正道《まさみち》はその場にヘナヘナとへたり込《こ》んだ。木には、ひと粒《つぶ》の実も残っていない。

「目のない鳥とは、『烏《からす》』だったのか……」

化け物だと思った黒い影《かげ》は、無数の黒い鳥。真っ黒で、遠くからは目が確認《かくにん》しにくい鳥の群《む》れだ。『鳥』という漢字から『目』を表わす横棒《よこぼう》をひとつ抜《ぬ》けば、たしかにカラスになる。日照り続きで村にも森にも食べ物がなく、飢《う》えて餌《えさ》を探《さが》していた膨大《ぼうだい》な数のカラス。黒く不気味な群れが、貴重《きちょう》な宝石《ほうせき》の実を残らず食べつくしていったのだ。

数日後。乾《かわ》いた畑から、枯《か》れた木の根を引《ひ》き抜《ぬ》いていた正道《まさみち》の元に、ひとりの若《わか》い女性《じょせい》が訪《おとず》れた。乗用車から降《お》り立《た》ち、ゆっくりとした足取りでこちらへと歩いてくる。正《まさ》道《みち》は土にまみれた手を作業着でぬぐい、顔を上げるとおどろいて言った。

「百合《ゆり》……」

「久《ひさ》しぶりだね、お父さん。先に連絡《れんらく》しようか迷《まよ》ったんだけど、どうしても会いたくて来ちゃった。顔を見て話したいことがあったの。彼《かれ》が、ここまで連れてきてくれた」

百合《ゆり》は車の横に立って、こちらを心配そうに見ている若《わか》い男性《だんせい》に「大丈夫《だいじょうぶ》。待っててね」と微笑《ほほえ》み、正道《まさみち》に向き直った。

「お父さんには若《わか》すぎるって結婚《けっこん》を反対されたけど、彼《かれ》は仕事を真面目《まじめ》にがんばって、私《わたし》たちずっと幸せに暮《く》らしてるよ。ねえ、お父さん、あの宝石《ほうせき》の缶詰《かんづめ》は……」

正道《まさみち》は百合《ゆり》から目をそらし、力なく鍬《くわ》の柄《え》を握《にぎ》った。

「植えたよ。説明書の通りに。立派《りっぱ》な木になってたくさんの実をつけた。美しくかがやく宝石《ほうせき》の実を。収穫《しゅうかく》さえできていれば、苦しむ村の救《すく》いになっただろうが」

百合《ゆり》は父を見つめ、真剣《しんけん》な表情《ひょうじょう》でうなずいた。

「お父さんなら、きっとそう考えると思ってた。自分だけが得《とく》しようとする人じゃない。あの種を植えて大きな木にし、みんなを助けてくれるはずだって」

「だが、おまえが送ってくれた貴重《きちょう》な種を、俺《おれ》はムダにしてしまった。カラスの群れに襲《おそ》われたんだよ。木になった小さな実を好むのは鳥だ。だから、鳥よけの網《あみ》を張《は》るべきだったのに、化け物が来ると思《おも》い込《こ》み、銃《じゅう》をかまえて木の下で待っていた。自分のまぬけさに腹《はら》が立つ。残ったのは、命が燃《も》え尽《つ》きたように枯《か》れた、この木の根っこだけだ」

正道《まさみち》が木の根に目を落とす。すると、百合《ゆり》が思いがけないことを言った。

「大丈夫《だいじょうぶ》だよ。お父さんは立派《りっぱ》にやりとげたの。実はないけど、種は残ってる。苦しんでいた村の人たちに、宝石《ほうせき》になった種が渡《わた》ったの」

「種が村人の手に渡《わた》った？　どういうことだ」

「カラスはおなかいっぱいあの実を食べたの。そして、何羽ものカラスが村に飛んできて糞《ふん》を落とした。宝石《ほうせき》の種と一緒《いっしょ》にね。それを売れば、村の人は生活を立て直せる」

おどろきのあまりしばらく言葉を失《な》くしていた正道《まさみち》は、ようやく言った。

「そうか。……クソも役に立つんだな」

相変わらずぶっきらぼうな父の物言いに、百合《ゆり》がクスリと笑う。

「ねえ、お父さんは知ってるでしょ？　山の中で、カラスがたくさん巣をつくっているところ。きっとそのあたりには、宝石《ほうせき》がいっぱい落ちてるよ。お父さんが一生楽に暮《く》らしてもあまるくらいに」

「俺《おれ》は楽なんかしなくていい。この村で、この畑で、自分が食っていけるだけの稼《かせ》ぎがあればいいんだ。だが、そうだな。その宝石《ほうせき》を集めれば、村全体に用水路をつくる足しになるかもしれんな」

「お父さんはやっぱり、お父さんだね。お母さんがお父さんのこと、頑固《がんこ》だけどまっすぐな人だってよく言ってた。今はその言葉の意味がよくわかるよ」

百合《ゆり》は優《やさ》しく言った。

「不思議《ふしぎ》なんだけど、【宝石《ほうせき》の缶詰《かんづめ》】を買ったあの奇妙《きみょう》な店に行ってから、お父さんとケンカして家を飛び出した時のこと、よく思い出せなくなっちゃって。だから本当は、あの缶詰《かんづめ》を自分で届《とど》けたかったの。でも、遠すぎて、すぐに来ることはできなかった。体調が不安定で、安静にしていなくちゃならなかったから」

正道《まさみち》はおどろいて百合《ゆり》の顔を見た。

「……どうした、体の具合でも悪いのか？」

「大丈夫《だいじょうぶ》。やっと安定したの。冬には、家族が増《ふ》えるよ。お父さんの初めての孫が」

百合《ゆり》は膨《ふく》らみかけたおなかにそっと手を置き、大きな目を潤《うる》ませて正道《まさみち》を見つめた。

「男の子なんだって。……六年もたっちゃったけど、仲直り、できるかな。この子が生まれたら、抱《だ》っこしてくれる？　お父さん……」

正道《まさみち》は何かこたえようとしたが、すぐに言葉は出なかった。ふいに込《こ》み上《あ》げた涙《なみだ》を、グッとこらえたからだ。若《わか》いふたりの結婚《けっこん》を心配するあまり、本音ではない言葉を口にし、百合《ゆり》を傷《きず》つけた。六年間、ずっと後悔《こうかい》していたのは正道《まさみち》のほうだったのだから。

「……当たり前だ。まあ、家に入れ。あいつも一緒《いっしょ》に、縁側《えんがわ》で茶でも飲もう」

正道《まさみち》はそれだけ言うと踵《きびす》を返し、娘《むすめ》の先に立って家へと向かった。

自動観察日記

「今年こそ、自分できちんと計画を立てて、夏休みの自由研究を終わらせなさいよ」

出勤《しゅっきん》前の母が忙《いそが》しそうに朝食の後片《あとかた》づけをしながら、光太《こうた》を振《ふ》り返《かえ》って言った。

「今までみたいに、始業式直前に何もやってないってあわてるのはやめてよね。母さんもまた仕事をはじめたし、忙《いそが》しくて手伝ってあげられないんだから」

「言われなくてもわかってるってば」

五年生の池田光太《いけだこうた》は憂《ゆう》うつな気持ちで返事をした。待ちに待った夏休みがはじまって、ウキウキしていた気持ちが一瞬《いっしゅん》にしてしぼんでいく。

「今年はなんの研究にするか、テーマは決めたの？」

「う、うん……」

「よし、がんばれ！　じゃあ母さん、仕事に行くね。お昼ご飯は冷蔵庫《れいぞうこ》の中にあるから」

母が出かけたあと、光太《こうた》は大きくため息をついた。

「あー、めんどくさい。だれが夏休みには自由研究するって決めたんだよ」

去年まで、自由研究をなんとか提出《ていしゅつ》できていたのは、怒《おこ》られながらも母に手伝っても
らったおかげだ。だが、今年こそ本当に自分でなんとかしなくてはならない。

「どうしようかなぁ」

いやなことはあとまわしにする性格《せいかく》なので、まだ何ひとつ決まっていない。

難《むずか》しいことを調べるのも嫌《きら》いだから、できればかんたんな観察記録にしたいところ
だ。とはいえ、植物は枯《か》らしてしまうし、昆虫《こんちゅう》やメダカの飼育《しいく》も面倒《めんどう》だ。最初は楽しい
が、すぐに飽《あ》きて母が世話することになる。そして、父に「またか」と怒《おこ》られるのだ。

これ以上先延《さきの》ばしにすると、ますます自分の首を絞《し》めるであろうことはまちがいない。

さっさと終わらせて、お盆《ぼん》には楽しい気持ちで祖母《そぼ》の家に泊《とま》りに行きたい。

「しかたない。図書館へ行って、かんたんですぐ終わる自由研究のヒントを探《さが》してくるか」

結局、一日中ゲームをしてしまい、光太《こうた》が家を出たのは図書館の閉館《へいかん》時間間近だった。

黄昏色《たそがれいろ》の街中を足早に歩いていた光太《こうた》が目にしたのは、一枚《まい》の古びたチラシだ。

《面倒《めんどう》な観察記録はすべてお任《まか》せ！【自動観察日記】》

「なんだ？ これ、本当なのかな……」

暗い路地の奥《おく》に、あやしさいっぱいの店があった。白く光る看板《かんばん》の文字は『黄昏堂《たそがれどう》』。

ビクビクしながら店内をのぞくと、かっこいいお兄さんが顔を上げてこっちを見た。

「【自動観察日記】のお客様ですね？」

お兄さんは販売台《はんばいだい》の上に厚《あつ》い辞書くらいの大きさの箱を置いた。それは銅《どう》のように赤みを帯びた金属《きんぞく》でできていて、ふたにはいくつもの歯車がついている。

「これは、生物専用《せんよう》の観察記録装置《そうち》です。箱に収納《しゅうのう》されたカメラを伸《の》ばして対象物《たいしょうぶつ》に向け、スイッチを入れると、この歯車が動いて観察がはじまります。毎日決まった時間に観察記録が印刷されて出てくるので、まとめてとじれば観察日記ができあがります」

「すごい……！ これこそ、僕《ぼく》が小学校一年生の夏から探《さが》し求《もと》めていたものですっ！」

大感激《だいかんげき》する光太《こうた》を見て、お兄さんが念を押《お》すように言った。

「ただし、いくつか注意点があります。この機械は修理《しゅうり》してありますが、くり返しの使用には耐《た》えません。観察できるのは、最大で二週間。機械は便利ですが、人間のように応用力《おうようりょく》があるわけではないということを、覚えておいてください」

光太《こうた》は大喜《おおよろこ》びして【自動観察日記】を家に持ち帰った。

「こんな便利なものがあるなんて、最高！　何を観察させようかなー」

部屋の隅《すみ》にずっと放り投げてあった理科辞典を広げたら、カイワレ大根の種が入った袋《ふくろ》がはさまっていた。青々としたカイワレ大根の写真と、かんたんな育て方が書いてある。

カイワレの発芽観察なら、家にあるもので準備《じゅんび》ができそうだ。

「よし、これに決めた！」

光太《こうた》はキッチンの戸棚《とだな》を開けてプラスチックの容器《ようき》を探《さが》し、薬箱の中から持ってきた脱脂綿《だっしめん》を水で湿《しめ》らせて底にしいた。子ども部屋に戻《もど》り、容器《ようき》の中に袋《ふくろ》から出したカイワレ大根の種をパラパラと撒《ま》く。

それから壁際《かべぎわ》の棚《たな》の上に【自動観察日記】を設置《せっち》し、容器《ようき》をその前に置いた。説明通りにカメラを向けてスイッチを入れると、歯車がゆっくりとまわりはじめた。

「動き出した！ なんか魔法《まほう》のアイテムっぽくてかっけー！ あのお店見つけて超《ちょう》ラッキーだったなー。マンガでも読んで観察記録ができるのを待とうっと」

光太《こうた》は友だちから借りてきたマンガ本を取り出すと、夢中《むちゅう》になって読みふけった。

翌朝《よくあさ》、母が仕事に出たあと、光太《こうた》はハッと思い出し、棚《たな》の上にある【自動観察日記】を見てみた。機械の下部にあるトレーを引《ひ》っ張《ぱ》り出してみると、印刷された紙がある。

《八月一日、種まき――。十八時三十二分。室温29度。湿度《しつど》60パーセント。脱脂綿《だっしめん》内水分含有量《がんゆうりょう》100パーセント――》

室温、湿度《しつど》、脱脂綿《だっしめん》内の水分含有量《がんゆうりょう》、種への日照時間など、一時間ごとの観察記録が、写真入りでことこまかに記されていた。

「……めっちゃいい仕事してる」

この機械のすばらしいところは、最初に自分の筆跡《ひっせき》を登録して『鉛筆記載《えんぴつきさい》』のボタンを押《お》しておくと、日記が自筆の記録のようになるところだ。

「すげー。完璧《かんぺき》じゃん！　これで夏休みの自由研究は終わったようなもんだ！」

翌日《よくじつ》も、観察記録は自動で記入されていた。機械は休むことなく動いている。

二日目までは観察日記を興味《きょうみ》シンシンで見ていた光太《こうた》だが、三日で飽《あ》きてしまった。

発芽し、ひょろりと伸《の》びてきたカイワレを見た時には少しテンションが上がったが、その気持ちも長続きしない。光太《こうた》にとって、マンガやゲームに勝《まさ》る娯楽《ごらく》はないのだ。

日中、母が仕事でいないのをいいことに、光太《こうた》はダラダラと夏休みを過《す》ごした。機械に任《まか》せておけばいいという気楽さのため、カイワレのことなどすっかり忘《わす》れていた。

観察日記のことを思い出したのは、夏休みも半ばを過《す》ぎ、祖母《そぼ》の家へ一週間ほど家族で泊《とま》りに行って帰ってきたあとだった。種を撒《ま》いた日から、とっくに二週間以上経過《けいか》している。

「光太《こうた》。自由研究は終わってるのよね？　夏休みが終わるまであと何日もないわよ」

母に聞かれ、光太《こうた》は大あわてでカイワレの容器《ようき》をのぞき見た。

「やべ……。完全に干《ひ》からびてる……」

カイワレはカラカラに乾《かわ》いた脱脂綿《だっしめん》の上で、干し草《ほしぐさ》のようになっていた。機械のトレーを開けてみると、初日から順番に印刷された観察記録がギッシリと詰《つ》まっている。

それによるとカイワレは、どうやら種まきから五日で枯《か》れたようだ。

六日目の記録を見たとたん、光太《こうた》は「えっ！」と声を上げた。

観察記録はそこで終了《しゅうりょう》……と思いきや、なんと六日目からは光太《こうた》の観察記録がはじまっていたのだ。部屋で一日中ゴロゴロしている様子が、写真とともに細かく記録されている。その日の身長、体重、脈拍《みゃくはく》、行動。カイワレが枯《か》れたため、カメラは部屋の中にいる生物＝光太《こうた》に焦点《しょうてん》をあてて観察していたのだろう。

「これじゃ、『児童《じどう》観察日記』じゃん……」

マンガ、おやつ、ゲーム、昼寝《ひるね》、ゲーム、おやつ、マンガ――。

想像《そうぞう》以上のだらけぶりに自分でも呆《あき》れていると、後ろから母の声が聞こえた。

「あら、光太《こうた》。それ、自由研究の観察記録？　すごいじゃない！」

「わわわわっ！」

光太《こうた》はおどろいて、手に持っていた観察記録をバラバラと床《ゆか》に落としてしまった。

「あらら。あわてんぼうね」

ニコニコして記録用紙を拾い上げた母が記録に目を通す。すると、母の顔からスッと笑みが消えた。目を見開いて記録を読み、光太《こうた》がそっと拾い上げた用紙もひったくる。

「……ねえ、なんなの？　これ、本当のこと!?」

母は鬼気迫《ききせま》る表情《ひょうじょう》で光太《こうた》に目を移《うつ》し、顔色を変えて言った。

「大変だわ。すぐに警察《けいさつ》に電話しなくちゃ！」

「ええええええ！　警察《けいさつ》？　そんなぁー！　ごめんなさい！　自由研究をさぼったのも、毎日ダラダラしていたのも謝《あやま》ります！　警察《けいさつ》に電話なんかかけないでよーっ！」

光太《こうた》は必死に謝《あやま》ったが、母は聞く耳をもたず、大急ぎで電話をかけた。

「……警察《けいさつ》ですか？　うちに泥棒《どろぼう》が入ったんです。ええ、侵入《しんにゅう》してきた日付も時間もわかります。備《そな》えつけのカメラが自動で撮影《さつえい》していたんです……」

【自動観察日記】には、子ども部屋の窓《まど》から中へ忍《しの》び込《こ》んでくる不審《ふしん》な男の姿《すがた》がハッキリと写っていた。光太《こうた》がいない子ども部屋で、機械があらたな『生物』を感知したのだ。

泥棒《どろぼう》は、すぐに捕《つか》まった。身長、体重、身に着けていたものから腕《うで》の入《い》れ墨《ずみ》まで、詳細《しょうさい》な記録が取られていたからだ。全国をまわって留守宅《るすたく》を荒《あ》らしているタチの悪い泥棒《どろぼう》で、光太《こうた》たち家族が祖母《そぼ》の家に遊びに行っているとき、この家に忍《しの》び込《こ》んでいたのだ。

警察《けいさつ》に感謝《かんしゃ》されたのはよかったが、だらけた夏休みの過《す》ごし方について、光太《こうた》は母に大目玉を食らってしまった。腰《こし》に手を当てた母が、目を吊《つ》り上《あ》げて言う。

「機械に任《まか》せて観察記録をつけるなんて！　第一、去年もカイワレの観察日記だったじゃない。種を買ってあげたのに部屋で失《な》くして、また買い直したでしょ！」

「あっ。それで、理科辞典に種がはさまっていたのか。なぜかすっかり忘《わす》れてた……」

そういえば　あの店のお兄さんは「記憶《きおく》を少しもらう」とかなんとか言ってたっけ。

「だけど、こんなにしょぼい記憶《きおく》を取り上げて、どうするんだよ？　変なの」

ブツブツ文句《もんく》を言いつつ、今年もまた、夏休みの最後に死《し》に物狂《ものぐる》いで自由研究に取り組む光太《こうた》だった。

シンデレラスニーカー

今井《いまい》春奈《はるな》は、超《ちょう》がつくほどの運動嫌《ぎら》いだ。それなのにカロリーが高い食べ物をおなかいっぱい食べるのが大好きだ。ゆえに、かなりのポッチャリ体型《たいけい》である。

中学校入学時につくったウエストゆるめの制服《せいふく》のスカートが、中三の現在《げんざい》はきつすぎてつらい。くしゃみをすると、高確率《こうかくりつ》でボタンが遠くへはじけ飛んでいく。

ダイエットという言葉が頭をよぎることはあるが、現実《げんじつ》を直視《ちょくし》したくない。鏡を見る時はなるべく全身を映《うつ》さず、写真はあごがとがって見える角度から写して加工する。

そんな春奈《はるな》が食べることの次に好きなのは、妄想《もうそう》だ。

「この体はスポンジの着ぐるみ。中身はスレンダーな美少女なの。夢《ゆめ》の中の王子様に比《くら》べたら、クラスの男子なんてぜんぶカス」

だが、友だちにリアル彼氏《かれし》ができたと聞かされた時など、ちょっとあせる。このまま妄想《もうそう》だけで終わるのはむなしいような気もするのだ。

そんな春奈《はるな》が『黄昏堂《たそがれどう》』で手に入れたのは【シンデレラスニーカー】。

それは一見オシャレな白いスニーカーだが、よく見ると少し透《す》き通《とお》っていて、キラキラとしたまばゆい光のオーラをまとっている。いかにも魔《ま》法《ほう》の力を秘《ひ》めていそうだ。

とはいえ、いくら妄想癖《もうそうへき》がある春奈《はるな》でも、現実世界《げんじつせかい》に魔法《まほう》があるなんて、いつもなら信じない。だが、春奈《はるな》の脳内《のうない》で『異世界《いせかい》からこの世界に紛《まぎ》れ込《こ》んだ、一見クールだが情《じょう》熱的《ねってき》な黒の魔法使《まほうつか》い』に変換《へんかん》された、美形店主の言葉ならば信用に値《あたい》する。

「これを履《は》くと、次々と不思議《ふしぎ》な偶然《ぐうぜん》が起こって美しくなれ、理想の王子が現《あらわ》れます」

ミステリアスな黒い魔術師《まじゅつし》は、春奈《はるな》を魅惑的《みわくてき》な黒い瞳《ひとみ》でじっと見つめ、ささやいた。

「このスニーカーこそ、秘宝中《ひほうちゅう》の秘宝《ひほう》。さあ、これを手に取るのです。着ぐるみに閉《と》じ込《こ》められた可憐《かれん》な姫《ひめ》よ。あなたこそ、シンデレラにふさわしい、唯一《ゆいいつ》の――」

「はー、妄想《もうそう》がさく裂《れつ》したわー。クフフ。かわいいスニーカーも手に入れたし」

支払《しはら》ったのは『記憶《きおく》の一部』らしいが、実害はなさそうだ。お買《か》い得品《どくひん》だろう。

翌日《よくじつ》の朝、春奈《はるな》はウキウキして新しい【シンデレラスニーカー】を履《は》いた。とたんに、ふたりの姉たちが春奈《はるな》をけ飛ばす勢《いきお》いで先に玄関《げんかん》から出ていく。

「んもー！　どいてよ、春奈《はるな》！　横幅《よこはば》取ってジャマなんだからっ！」

春奈《はるな》は大学生の姉、冬美《ふゆみ》と、高校生の姉、千秋《ちあき》との三人姉妹だ。姉たちふたりはリア充《じゅう》の美人なので、春奈《はるな》は何かとバカにされ、そのことでいつもムカついているのだ。

「フン！　いじわるな姉どもめ。いつか下克上《げこくじょう》して見返してやる！」

ブツブツつぶやきながら学校へ向かっていると、突然《とつぜん》、散歩中のチワワが飼《か》い主《ぬし》の制《せい》止《し》を振《ふ》り切《き》り、興奮《こうふん》して春奈《はるな》を追いかけてきた。

「ひぃぃぃ――――っ！」

幼稚園児《ようちえんじ》のころ、犬に追いかけられて側溝《そっこう》に落ちて以来、犬が大嫌《だいきら》いな春奈《はるな》は、猛《もう》ダッシュで逃《に》げた。犬を振《ふ》り切《き》ってからも、ビクビクと後方確認《かくにん》しつつ中学校へ向かう。

「はー、遠まわりしたけどやっと着いた。あれ？　なんでだれも登校してないの？」

校庭の時計を見ると八時半。春奈《はるな》は、掲示板《けいじばん》に書かれた連絡事項《れんらくじこう》を見ておどろいた。

「えっ。今日は先月の行事振替《ふりかえ》で休校だったんだ！　くやしい。なんでこんなに大事なことをすっかり忘《わす》れてたんだろう？　覚えてたら朝寝坊《あさねぼう》できたのにぃ～！」

背後《はいご》から、ワンワンとうるさく吠《ほ》えたてる犬の声が聞こえてくる。ハッとして振《ふ》り返《かえ》ると、さっきのチワワが春奈《はるな》に向かってまっすぐ走ってくるのが見えた。

「ぎゃーっ！　来ないでーっ！」

春奈《はるな》は必死でドタバタと走り、犬から逃《に》げた。息を切らし、近くの公園のベンチに座《すわ》ってぐったりともたれかかる。朝からここまでで、春奈《はるな》の運動量はいつもの数十倍だ。

「つ、つ、疲《つか》れた……。走るどころか歩くのも大嫌《だいきら》いなのに。犬め」

その日を皮切りに、春奈《はるな》の苦難《くなん》ははじまった。毎日、どんなルートで登校しようと、必ず同じチワワに遭遇《そうぐう》するのだ。どういうわけか春奈《はるな》を見ると犬が猛烈《もうれつ》に興奮《こうふん》し、飼《か》い主《ぬし》のおばさんが持つリードを振《ふ》り切《き》って追いかけてくる。

春奈《はるな》は毎朝走りまわってクタクタだった。最近では、下校時まで犬に遭遇《そうぐう》する。

「こんなに走るの、もうイヤだ！　もしかしてこれ、このスニーカーの呪《のろ》い？」

前のスニーカーはボロだったので、捨《す》ててしまった。母に別のスニーカーをねだっても「今履《は》いているので十分でしょ！」と、取りつく島もない。

姉の冬美《ふゆみ》のスニーカーを黙《だま》って借りたら、春奈《はるな》には大きすぎてガボガボ。勝手に履《は》いたことが冬美《ふゆみ》にバレて、以前にも増《ま》して手伝いを強要された。

「そのスニーカー、あたしのじゃん！　汚《よご》れたし！　おわびにお使いしてよ」

「かわりに今日のトイレ掃除《そうじ》当番代わって！　コンビニでアイスコーヒー買ってきて」

と、もうひとりの姉、千秋《ちあき》までが便乗して春奈《はるな》をこき使う。それだけではない。気の強い姉たちは、春奈《はるな》からおやつも夕飯のおかずも理不尽《りふじん》に取り上げるのだ。

「なんかあたし、マジ、シンデレラなんですけど」

春奈《はるな》がなげきつつ近所のスーパーまでお使いに行くと、またあのチワワに遭遇《そうぐう》した。

さんざん追いかけられてゼイゼイと息を切らす春奈《はるな》のところに、チワワの飼《か》い主《ぬし》であるきれいな女性《じょせい》が駆《か》けつけ、申しわけなさそうに春奈《はるな》に謝《あやま》った。

「いつもすみません……。おわびをしたいわ。私《わたし》は『フェアリーゴッドマザー』というショップを経営《けいえい》しているの。気に入る服があったらプレゼントさせてくれませんか？」

心の中でおばさんと腹立《はらだ》ちまぎれにののしってはいたが、実際《じっさい》は上品でオシャレな大人の女性《じょせい》だ。なんと、このおば……女性《じょせい》は、超《ちょう》人気女性《じょせい》服《ふく》ブランドの社長だったのだ。

「ええ！　そ、そんなに高い服、いいんですか、本当に？　んじゃ、お言葉に甘《あま》えて」

春奈《はるな》は今まで一度も足を踏《ふ》み入《い》れたことのないオシャレなお店に案内され、これまたオシャレなショップスタッフににこやかにあいさつされた。

「あら、かわいいスニーカーね。これに合わせたコーディネートにしましょうよ。こんなワンピースはどうかしら、春奈《はるな》ちゃん」と、社長の西牧《にしまき》さんがにこやかに言う。

水色の清楚《せいそ》なワンピースを、春奈《はるな》はうっとりと見つめた。ふんわりした半そで、ウエストから広がるスカートの上に、繊細《せんさい》でかわいらしいレースが重ねてある。

「映画《えいが》の中のシンデレラのドレスみたい……。でもあたし、こんなに小さいサイズは」

　まあ、毎日犬に追いかけられ、姉たちにはおやつや、から揚《あ》げを奪《うば》われて、以前よりずっとやせてはきているのだが。

「ぜったい大丈夫《だいじょうぶ》よ。洋服の見立てには自信があるの。ちょうどわが社主催《しゅさい》のガーデンパーティーがはじまるところよ。これを着て、ぜひパーティーに出てくださいな」

　春奈《はるな》は、西牧《にしまき》社長の自宅《じたく》――まるでお城のような豪邸《ごうてい》の、ガーデンパーティーに招《まね》かれた。招待客《しょうたいきゃく》はセレブばかり。あまりの場ちがいさにおどおどしている春奈《はるな》のもとに、美形男子が近づいてきた。春奈《はるな》にバラ色のドリンクが入ったグラスをそっと差し出す。

「突然《とつぜん》話しかけてゴメン。きみがあまりにもかわいくて一目ぼれしちゃって……」

　春奈《はるな》はポカンと口を開けてその男子の顔を見た。ぜったいにまちがいない。彼《かれ》は、今、リアル王子様として女子に大人気のアイドルグループ、『プリンス・チャーミング』のユヅキだ。フルネームはたしか……西牧《にしまき》ユヅキ。ん？　西牧《にしまき》!?

「私《わたし》の息子なの」と、にこやかに西牧《にしまき》さん。衝撃《しょうげき》の展開《てんかい》だ。「ユヅキ、とてもかわいらしいお嬢《じょう》さんでしょう？　いずれ、あなたのお嫁《よめ》さんにどうかしら」

展開《てんかい》が早すぎて、春奈《はるな》は頭がくらくらしてきた。

(し、し、信じられない……! 本当にシンデレラストーリーじゃん……!)

ほっそりとかわいくなって、オシャレなドレスを着て、お城のような豪邸《ごうてい》のパーティーに招《まね》かれ、夢《ゆめ》の王子様に告白《こくはく》される。おまけに、お、お嫁《よめ》さん?

春奈《はるな》はユヅキの熱い視線《しせん》に赤く頬《ほお》を染《そ》め、息も絶《た》え絶《だ》えになって言った。

「そ、そんなに見つめられたら……。なんだか熱くなってきちゃった……」

その時だ。春奈《はるな》の耳に、どこからかボーンボーンと時計の鐘《かね》の音が聞こえた。
一、二……五……八……十二。鐘《かね》の音は、正確《せいかく》に十二回鳴って止まった。

「……あぢい。……あれ?」

春奈《はるな》は、公園のベンチで目を覚ました。太陽は真上にあり、じりじりと春奈《はるな》の肌《はだ》を焼いている。全身汗《あせ》だくの春奈《はるな》が着ているのは水色のドレスではなく、いつもの中学の制《せい》服《ふく》。額《ひたい》の汗《あせ》を手の甲《こう》でぬぐいながら時計を見ると、ちょうど昼の十二時だった。

「あんた、そうとうくたびれてるようじゃな。朝からずーっとそのベンチで寝《ね》とった」

日《ひ》かげにあるベンチに座《すわ》っているおじいさんが、春奈《はるな》にモゴモゴと声をかけてきた。

「えっ……。寝《ね》てた？ ウソ」

春奈《はるな》は足元のスニーカーを見た。なぜかおろしたてのようにきれいだ。毎日履《は》いていたから汚《よご》れはじめていたはずなのに。スマートフォンを取り出し、日付を確認《かくにん》する。

「えーっ！ 今日はまだ休校日じゃん！ 朝このスニーカーを履《は》いて家を出てから四時間しかたってないんだ！」

休校の学校へ登校し、疲《つか》れてこのベンチで休んでいたら爆睡《ばくすい》したのだろう。

スニーカーをよく見ると、右足のかかとに赤いボタンがある。春奈《はるな》はようやく店主との会話を思い出した。

「履《は》いてみて気にいらなかったら返品したいんですけどー」と、店主にボーッと見とれていたわりには抜《ぬ》け目《め》なくせこいことを言い、店先でしつこく粘《ねば》った春奈《はるな》。音《ね》を上げた店主に「では、おためし体験つきにしますから、キャンセルする場合はこのボタンを押《お》してください。スニーカーは自動的にこの店に返品されます」と言わせたのだ。

「……すると？　……い、今までのは……。ぜんぶおためし体験かーっ！」

おなかに力を入れて叫《さけ》んだら、きついスカートのボタンがブチッとはじけ飛んだ。

このままシンデレラスニーカーを履《は》き続《つづ》ければ、たしかにスレンダーな体を手に入れられるだろう。春奈《はるな》はおためし体験の、『マジでシンデレラな生活』を思《おも》い浮《う》かべた。

やせてかわいくなった自分。オシャレなドレス。セレブのパーティー。大人気のイケメンアイドルからひと目ぼれされ、玉《たま》の輿《こし》の結婚《けっこん》。……すばらしい。完璧《かんぺき》だ。

だが、毎日犬に追いかけられて走り続け、姉たちにこき使われて体を動かし、好きなから揚《あ》げやカツカレーやケーキやポテトチップスを食べないガマン生活を続けるという、超《ちょう》努力と超忍耐力《ちょうにんたいりょく》が必要だ。夢《ゆめ》の中でさえキツくて弱音を吐《は》いていたのに、果たして自分はその現実《げんじつ》に耐《た》えきれるだろうか……。

春奈《はるな》はベンチにだらりと寄《よ》りかかったまま、ボソリと言った。

「……返品しよ」

怪《かい》談《だん》スタンプラリー

「楽しみだよねー、夏休みの校庭キャンプ」

「今年はどんなレクリエーションに決まるのかな？」

毎年、夏休みが近くなると、五年生の話題に上るのが『校庭キャンプのレクリエーション』だ。イチカの小学校では、五年生の夏休みに『校庭キャンプ』という行事がある。六年生の夏休みには高原へ出かけて二泊《はく》三日の本格的《ほんかくてき》なキャンプを行《おこな》うのだが、その予行演習《えんしゅう》になるのが校庭キャンプだ。その名の通り、校庭にテントを張《は》り、カレーをつくって食べたり、キャンプファイヤーのまわりでゲームをしたりして一晩《ひとばん》過《す》ごす。その中でもみんなが一番楽しみにしているのは、全員参加のレクリエーションだった。

ダンスや宝探《たからさが》し、肝《きも》だめし。自由に計画して提案《ていあん》し、人気投票でレクリエーションが

決まる。毎年ものすごく盛《も》り上《あ》がり、発案者はちょっとしたスター扱《あつか》いだ。

（ぜったい、採用《さいよう》される企画《きかく》を考えよう。やっぱり怖《こわ》い物系《ものけい》がいいよね。夏だし）

キャンプのレクリエーションを話し合うホームルームで、イチカは真剣《しんけん》に考えた。姉のユミカが二年前に発案した肝《きも》だめしのレクリエーションは大人気だった。姉に何かとライバル心を燃《も》やしているイチカとしては、ここで差をつけられたくない。

（お姉ちゃんの肝《きも》だめしより、ずっと怖《こわ》いのを考えよう！）

下校の時も姉に差をつけるレクリエーションのことを考えながら歩いていた。ふと気がつくと、いつのまにか太陽がしずみかけ、あたりにはオレンジ色の光と夕暮《ゆうぐ》れの闇《やみ》がまざりはじめている。学校から出て、そんなに長い時間あてもなく歩いていたのだろうか。まるで突然《とつぜん》夕暮《ゆうぐ》れの世界に足を踏《ふ》み入《い》れてしまったような気がする。不安になってあたりを見渡《みわた》した。何度か通ったことのある街の裏通りだとようやく気がついてホッとする。考えごとをしているうちに時間がたったにちがいない。

その時、イチカの足元に一枚《まい》の紙きれが飛んできた。風が吹《ふ》いているわけでもないのに、足で振《ふ》り払《はら》っても生き物のようにくっついて離《はな》れない。

手に取ってみると、赤茶けた色のチラシだった。飾《かざ》り文字で『黄昏堂《たそがれどう》』と書いてある。

《あなたの望みをすぐに叶《かな》える不思議《ふしぎ》な雑貨《ざっか》を、おどろきの低価格《ていかかく》で》

「黄昏堂《たそがれどう》……？　これ、もしかしてお姉ちゃんが言ってた……」

イチカはハッとしてチラシを見た。昨日《きのう》、姉が彼氏《かれし》と話しているのを偶然《ぐうぜん》聞いたのだ。

――噂《うわさ》になってる『黄昏堂《たそがれどう》』って店、私《わたし》、行ったことがあるんだ。二年前、キャンプのレクリエーションのことを考えてたら、偶然《ぐうぜん》見つけたの。そこで、すごく怖《こわ》くて不思議《ふしぎ》なアイテムを手に入れて……。本当だよ。嘘《うそ》じゃないんだから……！

イチカは細い路地の奥《おく》に、見落としてしまいそうなほどせまい入口を発見した。大きな歯車のついた銅色《あかがねいろ》のドアも見える。電飾看板《でんしょくかんばん》の文字が白く発光し、店名をぼんやりと浮《う》き上《あ》がらせていた。『黄昏堂《たそがれどう》』。

イチカの喉《のど》が、緊張《きんちょう》でゴクリと鳴った。近寄《ちかよ》ってはいけない場所だと心の中の声が止める。だが、姉はここで何かを手に入れ、怖《こわ》いレクリエーションを大成功させたのだ。

イチカは不安を無理やり追《お》い払《はら》い、路地の奥《おく》へと足を踏《ふ》み入《い》れた。

「恐怖《きょうふ》を遊びに使うなら、覚悟《かくご》が必要です。それでも望みを叶《かな》えたいのですね？」

うす暗い不思議《ふしぎ》な店の中で、店主が念を押《お》すように言った。販売台《はんばいだい》の上に金属《きんぞく》の筒《つつ》を置く。肩《かた》にとまった真鍮《しんちゅう》の小鳥も、宝石《ほうせき》のような赤い目でイチカを見つめている。

「これは【怪談《かいだん》スタンプラリー】です。地図や建物の見取り図に、この筒《つつ》の中に入っている透明《とうめい》シートを重ねると、怪談《かいだん》ポイントに青い魂形《たましいがた》のマークが現《あらわ》れます」

「あの。怪談《かいだん》ポイントってなんですか……？」

「あなたがいるこの世と、そうではない場所を結ぶポイントです。あなた方が『恐怖《きょうふ》』と呼《よ》ぶものがそこに現《あらわ》れる、ということですよ」

「この世界じゃない場所が実在《じつざい》しているって言っているみたいに聞こえます」

店主が小さく肩《かた》をすくめ、皮肉な笑《え》みを浮《う》かべてイチカを見つめる。

「信じるも信じないもあなたの自由です。そういえば、以前も今のあなたと同じことを言ったお客様がいましたよ。これはあの時と同じアイテムで、最後のひとつ。必要ならば、購入《こうにゅう》してください。お代はあなたの記憶《きおく》の一部でいただくことになりますが」

「校舎《こうしゃ》の見取り図に重ねた透明《とうめい》マップの怪談《かいだん》ポイントは、ラリー表示で現《あらわ》れるの。ひとつのポイントをクリアしたら、次のポイントが表示《ひょうじ》される。順番にね。飛ばすのはルール違反《いはん》だからダメ。怪談《かいだん》ポイントを訪《おとず》れないと、『済《すみ》』マークがつかないの」

翌日《よくじつ》の放課後、だれもいない教室でイチカは三人の友だちに説明した。

「必ず全ポイントまわらなくちゃいけない。それがこのラリーのルールなんだ」

「こわっ！　レクリエーションにピッタリじゃん！　四、五人で一組のグループがマップを手に、怪談《かいだん》ポイントで証拠《しょうこ》の写真を撮《と》るの。タイムを計って競ったらどう？」

大乗り気でそう言ったのは活発なリコだ。オカルト好きなノアも、うんうんとうなずいて言った。

「超盛《ちょうも》り上《あ》がりそうじゃん！　その企画《きかく》を出したら、ぜったいみんな賛成《さんせい》するよ！　この小学校、校舎《こうしゃ》も古いし、ムダに教室も多いし。さすがイチカ。めっちゃ楽しみ～」

「たしか二年前の肝《きも》だめし企画《きかく》も、校舎《こうしゃ》の怪談《かいだん》めぐりじゃなかった？」

おとなしいハナが聞く。姉と比較《ひかく》されたようで、イチカはムッとして言った。

「ちがうよ。校内でやるって計画があったんだけど、最終的に校庭に場所を移《うつ》して肝《きも》だめししたの。校舎《こうしゃ》で実行しなかった理由は確《たし》か……。あれ？　なんだっけ……？」

以前、姉から聞いた変更理由《へんこうりゆう》を、イチカはなぜか思い出せなかった。

（まぁいいや。思い出せないくらいなんだから、たいした話じゃなかったんだ）

「校内の肝《きも》だめしのほうが、だんぜん怖《こわ》いよね！　うちの学校、七不思議もあるし」

リコの言葉を受けて、ノアが楽しそうにうなずく。

「数が変わる階段《かいだん》。天井から滴《した》る血で鳴るピアノ。死に顔が映《うつ》る鏡。動く人体模型《もけい》」

「ね、ねえ、怖《こわ》いよ……。やめようよ。そんなに怖《こわ》いレクじゃなくてもいいと思う」

ハナが不安そうな顔で反対する。おとなしいハナは、とても怖《こわ》がりなのだ。

「大丈夫《だいじょうぶ》だって。この先も語《かた》り継《つ》がれるくらい怖《こわ》いレクリエーションを、私《わたし》たち仲良し四人組で企画《きかく》しよう。そして、みんなの賛成《さんせい》を勝ち取ろうよ！」

イチカは用意した学校の見取り図の上に、金属《きんぞく》の筒《つつ》から出した透明《とうめい》シートを重ねた。

「ちょっとためしてみない？　このマップが使えるかどうか。……って、あれ？　もうマークが出てる。変だね。壊《こわ》れてるのかな」

イチカは首をかしげた。五年二組の教室に、魂形《たましいがた》の青いマークが灯《とも》っている。みんなが見ていると青い魂《たましい》マークは消え、代わりに『済《すみ》』というスタンプが浮《う》き上《あ》がった。

「次の青い魂《たましい》マークが灯《とも》ったよ。場所は中央階段《かいだん》だね」と、リコ。

「よーし！　怪談《かいだん》スタンプラリー、はじめよう！」と、張《は》り切《き》るノア。

「ねえ、やめようよ……。もしかして本当に何かあったらどうするの？」

怖《こわ》がって止めるハナに、イチカは軽く笑って言った。

「みんな一緒《いっしょ》だから大丈夫《だいじょうぶ》だよ。さ、行こ！」

四人はマップに表示《ひょうじ》された青い魂《たましい》のマークを追い、校内を探索《たんさく》することになった。

「数が変わる階段《かいだん》って、学校の怪談《かいだん》の鉄板だよね。十二段《だん》しかないはずの階段《かいだん》が、数え

ながら上っていくとなぜか十三段《だん》に……。踊《おど》り場《ば》に立って見上げると、暗い天井から
ロープで吊《つ》るされた死体が……。ぎゃぁぁぁあああ!!」

先に階段《かいだん》を上っていったノアが叫《さけ》び声《ごえ》をあげた。おどろくみんなを振《ふ》り返《かえ》って笑《わら》う。

「なんちゃって。ん？　みんなどうしたの？　固《かた》まっちゃって」

「やだもう、その悲鳴、めっちゃ怖《こわ》かったし！　心臓《しんぞう》破裂《はれつ》したかと思ったよ！」

リコがプンプン怒《おこ》りながら階段《かいだん》を駆《か》け上《あ》がり、ノアに文句《もんく》を言った。同じく心臓《しんぞう》が飛
び出しそうになったイチカも、苦笑いして階段《かいだん》を上ると言った。

「この階段《かいだん》はもともと十三段《だん》じゃん」

すると、ノアがイチカを見て真顔で言った。

「え？　十二段《だん》だよ。前に降《お》りる時、数えたもん。ていうか、この階段《かいだん》、上る時には段《だん》
を数えちゃいけないって言われてるじゃん。他のことを考えて、一気に上るんだって」

「そ、そうだっけ。じゃあ、私《わたし》の数えまちがいかな。十三段《だん》だったと思ったけど」

イチカがうす気味悪さを感じたその時、踊《おど》り場《ば》にいたハナが悲鳴をあげた。

「きゃぁぁああ！　あそこに何かいる……！」

「落ち着いてよ、ハナ」ノアが言う。「天井からロープがぶら下がって揺《ゆ》れてるだけだって。ほら、天井の梁《はり》に巻《ま》いてあるでしょ。死体じゃないよ」

「ほ、ほんとだ。な、なんだ……。びっくりした……。ノア、冷静ですごいよ」

腰《こし》が抜《ぬ》けそうなほどびっくりしたイチカは、ホッとして胸《むね》をなでおろした。

「でもさ。確《たし》かにロープだけど、なんであんなところからぶら下がってるの……？」

リコがボソリと言った時、イチカはマップのマークが変化したことに気がついた。

『済《すみ》』マークに変わった……。私《わたし》たち、何かを見たってこと……？」

「ま、まさか。ポンコツマップなんだよ。教室でもついたじゃん。次いこ、次」

リコがこわばった表情《ひょうじょう》で言う。ノアだけが相変わらず動じていない。

「次の魂《たましい》マークはすぐそこの音楽室だね。天井から血が滴《したた》ってピアノが鳴るんだよね」

その時、ポーン……、ポーン……と、ピアノの音が鳴った。四人はおどろき、思わず顔を見合わせた。それはたしかに音楽室から聞こえてくる。

「だ、だれか居残《いのこ》りして、ピアノを弾《ひ》いてるんだよ……」と、イチカが言うと、「だといいけどね」とリコが不安そうにこたえる。ハナは言葉もないまま、青ざめていた。

ノアはみんなが怖《こわ》がっている様子を見て、やれやれとため息をついた。

「どうせピアノの鍵盤《けんばん》の上に雨漏《あまも》りとか、そんなことだよ。おじいちゃんがよく言うもん。『幽霊《ゆうれい》の正体見たり枯《か》れ尾花《おばな》』って。幽霊《ゆうれい》だって思ったら、ただの枯《か》れすすきでしたーってこと。さ、確《たし》かめにいくよ。私《わたし》たちが遊べないスタンプラリーを、どうやってクラスのみんなに紹介《しょうかい》すんの？　そうでしょ？　イチカ」

「う、うん……。そうだね。でも……」

声が小さくなってしまう。正直に言えば、イチカもオカルトはあまり得意《とくい》ではない。

「……雨粒《あめつぶ》がピアノの鍵盤《けんばん》を叩《たた》くことなんてできないよ……。だって、ピアノはいつもふたを閉《と》じて、先生が鍵《かぎ》をかけてるもん。だれも鳴らせるはずはないでしょ……」

ハナの言葉に、さすがのノアも言い返すことができなかった。嫌《いや》な沈黙《ちんもく》が流れる。

音楽教室をのぞいた四人は、ますます無口になった。教室内にはだれもおらず、窓《まど》の外に雨など降《ふ》っていなかったからだ。ピアノのふたは閉《と》じられている。だが、音楽教室には、ポーン……ポーンとピアノの鍵盤《けんばん》を力なく叩《たた》く音が響《ひび》いているのだ。

イチカが持ったマップには、音楽室の上に『済《すみ》』のスタンプが浮《う》き上《あ》がっている。

自分の手が小刻《こきざ》みに震《ふる》えていることに、イチカは気がついた。

「ぜったいおかしい。だれかがいたずらしてるんだ。私《わたし》たちをおどろかせようとして」

四つ目のポイントである理科室を出た時、リコが怒《おこ》ったように言った。

「だれもさわってない人体模型《もけい》が、急に倒《たお》れ掛《か》かってくるなんて。鍵《かぎ》をかけた準備室《じゅんびしつ》にしまってあったはずなのに、だれが持ち出したの？　オカルト好きのだれかじゃない？」

「えっ？　ちょっと待ってよリコ。それ、あたしのこと？　疑《うたが》ってんの？」

ノアがムッとして反論《はんろん》する。リコが不機嫌《ふきげん》な表情《ひょうじょう》で目をそらした。

「別に。でも、変なことばっかり続きすぎる。ノアがいちばんオカルトに詳《くわ》しいでしょ。北校舎《きたこうしゃ》の鏡に死ぬ時の顔が映《うつ》るって噂《うわさ》、教えてくれたのはノアだよ？　さっき、そこであたしが鏡の奥《おく》に一瞬老婆《いっしゅんろうば》を見て悲鳴をあげた時、後ろにいたのはノアだったし」

「あたしが脅《おど》かしてるっていうの？　そんなつまらないことやらないよ！　そういうリコはどうなの？　人をからかうの、大好きじゃない。リコがやってるんじゃないの？」

「お願いだから、リコもノアもやめてよ」

険悪《けんあく》な雰囲気《ふんいき》におろおろして、イチカはふたりを止めた。

「もうやめようよ、イチカ。こんな気分じゃ全然楽しくないし」と、ノア。

「やめること、できるの？　怪談《かいだん》ラリーを途中《とちゅう》でやめるのはルール違反《いはん》なんでしょ？　気味の悪いスタンプが浮《う》き上《あ》がるマップだし、何か祟《たた》りがあったら怖《こわ》くない……？」

ハナの言葉に、他の三人は黙《だま》りこくった。マップ自体が気味悪く思えていたのだ。

イチカは店主の言葉を思い出していた。

──恐怖《きょうふ》を遊びに使うなら、覚悟《かくご》が必要です──。

「……こうなったらもう、早くポイントをまわってさっさと終わらせようよ。学校の怪《かい》談《だん》って、たいてい七つだもん。教室のを入れればもう五個《こ》『済《すみ》』マークがついてるし」

リコがそう言ってイチカを見る。「次のポイントは浮《う》かんでる？」

「うん。次はここだよ。目の前の用具室」

「開けると異世界《いせかい》へ引《ひ》き込《こ》まれるって噂《うわさ》のね。さ、入るよ。祟《たた》られたくないもんね」

意地になったようにノアが言い、用具室のドアを開けた。みんなで足を踏《ふ》み入《い》れる。

「特に変わりはないね。もう出よう。『済《すみ》』マークに変わってるし」

イチカはそそくさと用具室を出た。廊下《ろうか》で見ると、マップには六つの『済《すみ》』スタンプが浮《う》き出《で》ている。リコが窓《まど》の外を見て、不安そうに言った。

「ねえ、こんなに暗かったっけ、窓《まど》の外。ほんの数分でこんなに変わるものなの？」

「ほんとだ。窓《まど》の外、真っ暗で夜みたいだね……今何時だろう？」

さすがのノアも、落ち着かない様子だ。あたりは恐《おそ》ろしいほど静まり返っている。

「いつのまにか、私《わたし》たちのほかにはだれもいないよ。校舎《こうしゃ》がこんなに静かって……」

イチカはマップを見た。喉《のど》からかすれた声が漏《も》れる。

「……七つ目のマークが光ってる。ここで……。この廊下《ろうか》も怪談《かいだん》ポイントなの？」

嫌《いや》な予感がした。イチカの心臓《しんぞう》が、ドクンドクンと大きく音を立てている。緊張《きんちょう》で息苦しいほどだ。何か恐《おそ》ろしいことに巻《ま》き込《こ》まれてしまったのではないだろうか——。

ハナがポツンと言った。

「私《わたし》、聞いたことがある。おもしろがって学校の怪談《かいだん》めぐりをしてたら、永遠《えいえん》に学校から出られなくなった子の話。だれもいない廊下《ろうか》で聞こえるのは、その子の足音だって」

「すぐに帰ろう！　ランドセル、取りに行かなくちゃ！」

イチカは大声で叫《さけ》ぶと、教室に向かって廊下《ろうか》を走り出した。みんなの足音も続いてくる。だが、いくら走ろうと、なぜか教室にたどり着けない。リコが泣き声で言う。

「校内で迷《まよ》うなんて……。終わりのない廊下《ろうか》……？　怖《こわ》いよ。家に帰りたい」

「ポイントをぜんぶまわるのがルールのマップだから。青いマークが灯《とも》る限り、終われないんだよ！　きっと、そう」ノアが息を切らして言った。「イチカ、次のマークはもう、出てないでしょ？　七つ『済《すみ》』マークがついたはずだもん！」

「ううん。また浮《う》かんでるよ……。八つめだ。いったい、あといくつあるの？」

「もうイヤ！　こんなマップ、見たくない！」

リコがイチカからマップをひったくり、廊下《ろうか》に叩《たた》きつけた。足で踏《ふ》みつけて怒《おこ》る。

いつもこうなのだと、イチカはぼんやり思った。リコはカッとなりやすくて、ノアはマイペースすぎて、私《わたし》はふたりの仲裁役《ちゅうさいやく》で。幼稚園《ようちえん》のころからずっと三人。ケンカもするけど、すぐに仲直りして。いつも三人で。……三人……？

「……ねぇ、リコ、ノア。私《わたし》たち、いつも三人一緒《いっしょ》だったよね。……ハナってだれ？」

冷水を浴《あ》びたように、背筋《せすじ》がゾッとした。ラリーをスタートした教室で、すでにひとり増《ふ》えていたのだ。ハナという名の知らないだれか。……『何か』が。

「やっと気がついたの？」

ハナは、みんなから少し離《はな》れて立っていた。

その異様《いよう》な姿《すがた》を見たイチカの体が、抑《おさ》えようもなくガタガタと震《ふる》え出《だ》す。あまりの恐《おそ》ろしさに歯の根が合わない。ノアも真《ま》っ青《さお》になって震《ふる》え、リコは取《と》り乱《みだ》して恐怖《きょうふ》の悲鳴をあげた。

暗い廊下《ろうか》の真ん中。信じがたいものがそこにいた。
上半身がない、足だけの恐《おそ》ろしい『何か』。
――ダカラ　ヤメタホウガ　イイッテ　イッタノニ。ニネンマエノ　コハ　ケイコク
ヲ　ウケイレテ　コウナイデ　アソブノヲ　ヤメタ――
クスクス笑う声。
――ハヤク　ラリーガ　オワルト　イイネ――
だれもいない暗い廊下《ろうか》を、パタパタと走り去る音が響《ひび》く。
廊下《ろうか》に落ちたマップを震《ふる》えながら指さし、ノアがかすれた声で言った。
「……ねえ、見て。隠《かく》れていたポイントが、ぜんぶ浮《う》かんでる……」
【怪談《かいだん》スタンプラリーマップ】には、数えきれないほどの青い炎《ほのお》がゆらめいていた。
なぜかすべては思い出せない姉の言葉の断片《だんぺん》が、イチカの脳裏《のうり》をよぎる。
……校舎《こうしゃ》の下は……昔、大きな墓場《はかば》で……。むやみに遊ぶと……危険《きけん》……危《き》……。

ドリームマッチ

「じゃあ店長、俺《おれ》、今日はこれで上がります」

圭介《けいすけ》が声をかけると、コンビニの売り場で品出しをしていた店長が顔を上げた。

「大晦日《おおみそか》なのに、急遽《きゅうきょ》シフトに入ってもらって助かったよ。風邪《かぜ》気味なのに、すまんな」

「いえ。風邪《かぜ》はたいしたことないし、特に何も予定はないんで、気にしないでください。大学の友だちもみんな実家へ帰ったし、どうせヒマですから」

「きみは帰省しないのかい？　親御《おやご》さんも楽しみに帰りを待っているだろう」

店長の言葉で、圭介《けいすけ》の心に、急にさびしさが込《こ》み上《あ》げた。笑みをつくってこたえる。

「帰省するところはないんです。両親は、もう何年も前に他界してるので」

「そうか……。つらいことを思い出させてすまんな。いい正月を迎《むか》えてくれよ」

「はい。店長も、よいお年を」

圭介《けいすけ》は店長に頭を下げるとコンビニの制服《せいふく》をロッカーにかけ、日が暮《く》れたかけた街へ足を踏《ふ》み出《だ》した。いつもならまだにぎわっている時間だが、大晦日《おおみそか》の街中はやけに静かだ。きっとみんな、家族団《だん》らんで過《す》ごす年越《としこ》しの準備《じゅんび》をしているのだろう。

「ずいぶん冷《ひ》え込《こ》んでるな。今夜は雪が降《ふ》るのかもしれない」

冷たい空気を吸《す》い込《こ》むと、かすかに雪のにおいがする。雪国出身者だからか、圭介《けいすけ》は雪が降《ふ》りはじめる前に特有のにおいを感じるのだ。

そのなつかしいにおいは、圭介《けいすけ》の子どものころの記《き》憶《おく》を呼《よ》び覚《さ》ました。窓《まど》の外に降《ふ》り積《つ》もる雪。母がこたつに置いたコンロの上で、鍋物《なべもの》をつくってくれた。白い湯気があがる鍋《なべ》。

「……今日はひとり鍋《なべ》にするか。冷蔵庫《れいぞうこ》の中に残っているものでつくれそうだ」

上京するとき、古い卓上《たくじょう》コンロだけ実家から持ってきたのだ。それだけはずっと手放せずにいた。ここのところ引《ひ》っ越《こ》しが多く、まだガスも通っていない部屋に住みはじめることもある圭介《けいすけ》だから、卓上《たくじょう》コンロはありがたい。

「そうだ。着火用のライターがなかったな。バイト先に戻《もど》って買ってくるか」

コンビニへ戻《もど》ろうと踵《きびす》を返した圭介《けいすけ》の足元に、一枚《まい》の古ぼけた紙きれが落ちていた。

なぜか気になり、紙きれを拾い上げて目を通す。

「『黄昏堂《たそがれどう》』? 知らない店だ。どこにあるんだろう」

チラシには歯車のイラストとともに《あなたの望みをすぐに叶《かな》える不思議《ふしぎ》な雑貨《ざっか》を、おどろきの低価格《ていかかく》で》と書いてある。

《先着一名様限《かぎ》り! 【ドリームマッチ】。マッチで火を灯《とも》すと、あなたに会いたい人が現《あらわ》れ、心をあたためてくれるでしょう》

圭介《けいすけ》は眉《まゆ》をひそめた。『あなたに会いたい人が現《あらわ》れる』という一文が引っかかったのだ。

圭介《けいすけ》は、この一年の間に何度も引《ひ》っ越《こ》しをくり返していた。一方的に思いを寄《よ》せられ、交際《こうさい》を断《ことわ》った女性《じょせい》から頻繁《ひんぱん》に手紙が届《とど》くことに困《こま》り、引《ひ》っ越《こ》しせざるを得《え》なかったのだ。

ぜったいに住所を知られてはいないはずなのに、その手紙はなぜか届《とど》く。

気味が悪いのは、封筒《ふうとう》に圭介《けいすけ》の住所も郵便《ゆうびん》番号も記載《きさい》されていないことだ。封筒《ふうとう》には、決まって同じ、機械仕掛《じか》けの伝書鳩《でんしょばと》の絵がついた切手が貼《は》られている。

それが原因《げんいん》で、圭介《けいすけ》は友人とも住所やメールアドレスの交換《こうかん》をすることを躊躇《ちゅうちょ》してしまい、ひとりでいることが多くなった。身寄《みよ》りのいない圭介《けいすけ》だから、時に、やるせないほどの孤独《こどく》を感じる。

手紙の女性《じょせい》が現《あらわ》れたら困《こま》ると、圭介《けいすけ》は歩きながらチラシを捨《す》てようとした、その時。

「待ってください。そのチラシがあなたを探《さが》し出《だ》したのです」

不思議《ふしぎ》な言葉で、若《わか》い男が圭介《けいすけ》を呼《よ》び止《と》めた。その男は端正《たんせい》な風貌《ふうぼう》だが、やけに風変わりな格好《かっこう》をしていた。白いシャツに革《かわ》のエプロンをつけ、首からゴーグルをかけている。

男は圭介《けいすけ》に近づき、細長い真鍮《しんちゅう》の箱を差し出した。

「これを差し上げます。どうぞ。お持ちください」

小さな歯車のついたそれは、手のひらに収《おさ》まるほどの大きさの、細長いマッチ箱だった。箱には奇妙《きみょう》なもようが描《えが》かれており、飾《かざ》り文字で《ドリームマッチ》と書かれている。

「使い方は先ほどチラシでご覧《らん》になった通りです。いつもはお代をいただくのですが、これは無料でかまいません。どうやら、うちの商品があなたに迷惑《めいわく》をかけたようなので」

圭介《けいすけ》はおどろいた。男の後ろに、いつのまにか雑貨店《ざっかてん》らしきものが現《あらわ》れていたからだ。大きな歯車のついた重い扉《とびら》のすきまから、微《かす》かに店内の明かりが漏《も》れている。白いサイリウムでぼんやりと光る看板《かんばん》は『黄昏堂《たそがれどう》』。いつ、こんな場所に足を踏《ふ》み入《い》れていたのか。

圭介《けいすけ》は、マッチ箱を店主らしき男性《だんせい》に返そうとしながら言った。

「困《こま》るんです。俺《おれ》に会いたい人は、俺《おれ》が会いたくない人かもしれないので」

肩《かた》に真鍮《しんちゅう》の鳥を乗せた男は、圭介《けいすけ》を見つめて言った。

「正しい使い方をする方《かた》を困《こま》らせる雑貨《ざっか》は扱《あつか》っていませんよ。しかし時おり、誤《あやま》った使い方をする客がいるのです。あなたの元へ届《とど》いた手紙に貼《は》られていた【どこでも切手】は、もともと行方《ゆくえ》不明の相手の安否《あんぴ》を気遣《きづか》うためのもの。一方的な想《おも》いを押《お》しつけたり、事情《じじょう》を知らない幼《おさな》い少女にゆずったりするものではないのです。しかし、ハプニングが起こってしまった以上、事態《じたい》を収拾《しゅうしゅう》しなくてはなりません。少女と家族は危《あぶ》ないところで私《わたし》の鳥が救《すく》いましたが、あなたにはこれをお渡《わた》しするのがよさそうです」

不思議《ふしぎ》な夢《ゆめ》を見ているような気持ちで、圭介《けいすけ》は手の中に残されたマッチ箱を見つめた。

気がつくと、男も店も消えており、街の中には夜の帳《とばり》が降《お》りはじめていた。

アパートでポケットを探《さぐ》ると、あのマッチ箱が入っている。それでも、消えた男や雑《ざっ》貨屋《かや》が現実《げんじつ》だとは思えなかった。そんな魔法《まほう》のようなアイテムが存在《そんざい》するはずはない。あの封筒《ふうとう》に住所がなかった理由は、例の女性《じょせい》が直接《ちょくせつ》圭介《けいすけ》のアパートを訪《たず》ね、郵便《ゆうびん》受けに放《ほう》り込《こ》んでいたからだ。そうに決まっている。

「行方《ゆくえ》不明の相手に届《とど》く【どこでも切手】なんて。バカバカしい」

圭介《けいすけ》は寒い部屋に入ると、明かりとストーブをつけて食事の支度《したく》をした。折りたたみの小さな机《つくえ》の上にコンロを置く。火をつけようとする直前まで、ライターがないことを忘《わす》れていた。あの男の奇妙《きみょう》な雰囲気《ふんいき》にあてられたのかもしれない。

「しかたない。このマッチを使うか」

圭介《けいすけ》は、男に渡《わた》されたマッチ箱を開け、金色の頭のマッチを取り出した。黒い軸《じく》は普《ふ》通《つう》のマッチの倍以上の長さがある。

「たった三本しか入っていないんだな。なぜ、こんなものをわざわざくれたんだろう」

何気なくマッチを擦《す》った圭介《けいすけ》は、ハッと息をのんだ。

目の前に母が現《あらわ》れたからだ。もう会えるはずのない母が。テーブルをはさんだ向こうに座《すわ》り、圭介《けいすけ》を見て「お帰り、寒かったでしょう」と言って微笑《ほほえ》んでいる。

あまりのおどろきで声も出ない圭介《けいすけ》の手から、火のついたマッチがポトリと落ちた。

あわててコップの中の水をかけると、ジュッと音がして火薬が濡《ぬ》れ、マッチの火が消える。顔を上げると、母の姿《すがた》も消えていた。

「……今見たものはなんだったんだろう。このマッチは夢《ゆめ》を見せてくれるのか？」

圭介《けいすけ》はしばらく迷《まよ》ったあと、【ドリームマッチ】でコンロに再度《さいど》火をつけた。マッチのままではすぐに火が消えてしまうが、コンロに火を移《うつ》せば長持ちすると考えたのだ。

願いが通じたかのように、母は現《あらわ》れた。圭介《けいすけ》が覚えている、優《やさ》しくおだやかな母が。

ありえないことでも、夢《ゆめ》でもかまわない。亡《な》くなった母が目の前にいるのだから。

コンロの上で、煮《に》えはじめた鍋《なべ》がクツクツと音を立てる。

圭介《けいすけ》はテーブルをはさんで、母となつかしい話をした。子どものころのこと。中学の入学式の思い出や、そのころ打《う》ち込《こ》んでいたサッカーの部活動のこと。

母は圭介《けいすけ》が厳《きび》しい受験を乗《の》り越《こ》えて希望の大学に入ったことを喜《よろこ》んでくれた。奨学金《しょうがくきん》とアルバイトで生活している圭介《けいすけ》を励《はげ》ましてもくれた。うまくいかない就職《しゅうしょく》活動で投げやりな気持ちになっていた圭介《けいすけ》は、大学をさぼりがちになっていた自分をはじた。

「……あの時は、いろいろとごめん……」

圭介《けいすけ》には、悔《く》やんでも悔《く》やみきれないほどの後悔《こうかい》があった。突然《とつぜん》現《あらわ》れた母に、その思いをどう伝えたらいいのだろう。

四年前の冬、母は突然《とつぜん》亡《な》くなった。圭介《けいすけ》はまだ十七歳《さい》。悪い仲間に影響《えいきょう》を受けて部活をやめ、不真面目《ふまじめ》な高校生活を送っていた。父親のいない母子家庭で働《はたら》き詰《づ》めの母につれない態度《たいど》をとり、家に帰らないことも多かった。

あの日。母の最後《さいご》の言葉を、圭介《けいすけ》は忘《わす》れることができない。

「いってらっしゃい。今日はあったかい夕飯を一緒《いっしょ》に食べようね」

圭介《けいすけ》は、母を振《ふ》り返《かえ》らずに家を出た。遅《おそ》くまで出歩いてようやく家に帰ると、明かりがついたままの部屋で母が倒《たお》れていたのだ。外には雪が降《ふ》り積《つ》もり、火の気が消えた部屋の中は凍《こご》えるほど寒かった。テーブルに置かれた、小さなコンロと鍋《なべ》。母はここで、帰らない圭介《けいすけ》のことを待っていたのだ。寒い夜、あたたかい食事を食べさせようと。

「……本当に、ごめん……。母さん……」

圭介《けいすけ》の目に涙《なみだ》が込《こ》み上《あ》げる。何か言いたくとも、胸《むね》が詰《つ》まって言葉にならなかった。

あのころは、つまらない見栄《みえ》やプライドにとらわれ、本当に大切なものを見失っていた。心から圭介《けいすけ》を想《おも》ってくれている母に、さびしくつらい思いをさせたままひとりぼっちで逝《い》かせてしまった。取り返しがつかない後悔《こうかい》に、圭介《けいすけ》はずっと苦しんでいたのだ。

うつむいた圭介《けいすけ》の頬《ほお》を涙《なみだ》が伝う。母が優《やさ》しく言った。

「圭介《けいすけ》の本当の気持ちは、よくわかっていたから大丈夫《だいじょうぶ》。小さいころから、ずっと同じ。

優《やさ》しくて、照れ屋だったね。母さんに数えきれないほどの幸せをくれてありがとうね……」

その時、だれかが玄関《げんかん》のドアをノックした。女性《じょせい》の声が聞こえる。

「圭介《けいすけ》、大丈夫《だいじょうぶ》？ コンビニの店長が風邪薬《かぜぐすり》を届《とど》けてくれって。持ってきたの」

圭介《けいすけ》が唯一《ゆいいつ》自分の住所を教えている、幼《おさな》なじみの香絵《かえ》だった。別の大学へ通っているが、ときどき圭介《けいすけ》のアルバイト先に顔を出す。ホッとするような笑顔《えがお》の明るい女性《じょせい》だ。

「母さん、ちょっと待ってて。香絵《かえ》だよ。覚えてるだろ？」

そう言って圭介《けいすけ》は立ち上がり、トレーナーの袖《そで》でゴシゴシと涙《なみだ》をふくと、玄関《げんかん》へ行ってドアを押《お》し開《あ》けた。マフラーをぐるぐる巻《ま》きにした香絵《かえ》が、白い息を吐《は》きながら圭介《けいすけ》にコンビニの袋《ふくろ》を差し出す。髪《かみ》には雪がついていた。

「はい。風邪薬《かぜぐすり》。ホットコーヒーと肉まんは、私《わたし》からの差し入れ。あったまってね」

「こんなに寒いのに、ありがとう。帰省したんだと思ってた。こっちにいたんだね」

圭介《けいすけ》がそういうと、香絵《かえ》は「そうなの」と、はずかしそうにまつげを伏《ふ》せた。

「圭介《けいすけ》がもしかして、神社に初詣《はつもうで》に行きたいとか思ってるかなって。去年、そんなこと言ってたから。誘《さそ》おうかな、なんて。でも、風邪《かぜ》を引いてるんだもんね。それに、部屋の中にだれかいるみたいだし。じゃあね、お大事に。よい年を！」

踵《きびす》を返した香絵《かえ》を、圭介《けいすけ》は思わず引き止めた。

「風邪《かぜ》は平気だよ。中で、夕飯を一緒《いっしょ》に食べないか。実は今……」

だが、圭介《けいすけ》が振《ふ》り返《かえ》ると母の姿《すがた》はなかった。ガスコンロの火が消えていたのだ。

あわてて予備《よび》のガスボンベを取り出し、セットする。マッチをこすろうとして、圭介《けいすけ》はその手を止めた。これが最後の一本だ。

香絵《かえ》が玄関《げんかん》に立ちつくしたまま、呆然《ぼうぜん》として言った。

「ねえ。私《わたし》、優しそうな女の人がいるのを見たよ。そのテーブルの向こうに座《すわ》ってた。私《わたし》を見て、にっこりと微笑《ほほえ》んだの。私《わたし》の記憶《きおく》の中にある圭介《けいすけ》のお母さんに似《に》てた……」

自分だけの幻《まぼろし》ではなかったのだと、圭介《けいすけ》は安堵《あんど》した。母は本当にいたのだ。

「ああ。母さんだよ。こんな話、信じられないだろうけど……」

圭介《けいすけ》は香絵《かえ》にすべてを話した。『黄昏堂《たそがれどう》』のこと、マッチのこと、そして、目の前に現《あらわ》れた母のこと。

「母さんにはいつも与《あた》えてもらうばかりで、何も返すことができなかった」

圭介《けいすけ》の話を静かに聞いていた香絵《かえ》が、思いやるように優《やさ》しく言った。

「そんなことない。だって【ドリームマッチ】の火は、圭介《けいすけ》に会いたい人を呼《よ》ぶんだよね？　お母さんは圭介《けいすけ》に会いたかったんだよ。圭介《けいすけ》に、幸せだったことを伝えたかったんだと思うよ」

「ありがとう。そうだったらいいと、俺《おれ》も思う」

圭介《けいすけ》は微笑《ほほえ》み、香絵《かえ》を見つめた。香絵《かえ》が照れたように赤くなり、小さな声で言う。

「あのね。あの……。私《わたし》も、なぜか、急に圭介《けいすけ》に会いに行かなくちゃって思ったの。【ドリームマッチ】は、生きている人にも効果《こうか》があるのかな……」

それから五年後の春。香絵《かえ》は少し緊張《きんちょう》した表情《ひょうじょう》で、隣《となり》に立つ圭介《けいすけ》を見上げた。

「圭介《けいすけ》のお母さん、喜《よろこ》んでくれるかな」

「喜《よろこ》ぶよ。まちがいない」

圭介《けいすけ》が香絵《かえ》を見つめ、にっこりと笑ってうなずく。

照明を落とした結婚《けっこん》式場に、司会者の声が流れた。

「新郎新婦《しんろうしんぷ》のキャンドルサービスです。みなさん、大きな拍手《はくしゅ》でお迎《むか》えください」

式場の中には、圭介《けいすけ》の母の姿《すがた》があった。こちらを見つめ、優《やさ》しい笑顔を浮《う》かべてうなずいている。その目には、涙《なみだ》が光っていた。

「ありがとう、母さん」

母に向かってささやくと、圭介《けいすけ》は美しい花嫁姿《はなよめすがた》の香絵《かえ》の手を取った。

最後のマッチで灯《とも》したキャンドルトーチの火が、優《やさ》しく揺《ゆ》れた。

彼《かれ》氏《し》風船

千紗《ちさ》が、大好きな翔太《しょうた》と別れた理由はただひとつ。翔太《しょうた》が高校内でいちばん人気のある男子だったからだ。モテすぎる男子とつき合う平凡《へいぼん》な女子に、悩みはつきない。

翔太《しょうた》に交際《こうさい》を申《もう》し込《こ》まれた時、千紗《ちさ》はおどろいて食べていたお弁当《べんとう》を喉《のど》に詰《つ》まらせそうになった。千紗《ちさ》は、翔太《しょうた》に片想《かたおも》いする大勢《おおぜい》の女子のひとりでしかなかったからだ。

まわりの女子からの「なんであの子が？」というバッシングも当然のこと。

自信にあふれた女子たちが翔太《しょうた》に近づき、千紗《ちさ》をまるで透明《とうめい》人間のように扱《あつか》っても、気にしないように努力した。たとえ、取《と》り巻《ま》き女子の円陣《えんじん》から外へ押《お》し出《だ》されようとも、翔太《しょうた》の「千紗《ちさ》といるとホッとする」という言葉と笑顔を信じて耐《た》えてきたのだ。

だが、千紗《ちさ》は見てしまった。翔太《しょうた》が千紗《ちさ》と正反対のタイプ——つまり、モデル並《な》みに

細くてかわいくオシャレな他校の女の子――と、仲睦《なかむつ》まじげに腕《うで》を組んで歩いているところを。そのショックも冷めやらないうちに、下校中の翔太《しょうた》の横に高級車がスッと幅寄《はばよ》せして止まるのを見た。車の窓《まど》を開け、「乗るでしょ?」と声をかけたのは、黒いサングラスの美しい大人《おとな》の女性《じょせい》。翔太《しょうた》は黒い車に乗って消え、かげからこっそりのぞき見していた千紗《ちさ》の足から急激《きゅうげき》に力が抜《ぬ》けていった。千紗《ちさ》は地面にヨロヨロと崩《くず》れ落《お》ち、ボタボタと大粒《おおつぶ》の涙《なみだ》をこぼしてつぶやいた。「もうダメ。つらすぎるよう……」

《今まで私《わたし》なんかとつき合ってくれてありがとう。さよなら》とメールを打ち、そのあとは、別れの理由を尋《たず》ねる翔太《しょうた》の連絡《れんらく》を一切絶《いっさいた》った。翔太《しょうた》とは同じ高校の二学年だが、千紗《ちさ》は文系《ぶんけい》クラス、翔太《しょうた》は理系《りけい》クラスなので校舎《こうしゃ》がちがう。気をつけていれば、会わずにいられるのだ。顔を見ず、声も聞かなければ、いずれ失恋《しつれん》の傷《きず》は癒《い》えていくはず。

「翔太《しょうた》は庶民《しょみん》の私《わたし》にとって、食べなれない高級ディナーと同じなんだ。商店街の抽選《ちゅうせん》で当たったレストランのディナーコースを食べたあと、おなかを下して大変だったもん……」

そう結論《けつろん》づけて、心にポッカリ開いた穴《あな》を無理やりふさごうとしていたのに。下校時、千紗《ちさ》はバッタリ翔太《しょうた》と鉢合《はちあ》わせしてしまった。どうやら翔太《しょうた》が待《ま》ち伏《ぶ》せしていたらしい。

「なんで別れなくちゃいけないんだよ？　納得《なっとく》できる理由を聞きたい」

「えーと。えーと……。その……別の好きな人とつき合うことになったの。だから……」

とっさの口からの出まかせだが、多少の見栄があったことはいなめない。

「千紗《ちさ》に新しい彼氏《かれし》？　嘘《うそ》だろ？　信じられない」

確《たし》かに信《しん》ぴょう性《せい》はゼロ。そこで千紗《ちさ》は具体的な行動予定もつけ加えることにした。

「明日《あした》、土曜日でしょ？　一緒《いっしょ》に遊園地に行くんだ……」

嘘《うそ》をつくのが得意《とくい》ではないため、言葉が段々《だんだん》しりすぼみになってしまう。すると千紗《ちさ》を見つめていた翔太《しょうた》が、真顔で言った。

「それが本当なら、そいつとのデート写真、SNS《エスエヌエス》に上げてくれよ。そしたら信じる」

「う、う、うん……。わかった……」

翔太《しょうた》と別れたあと、千紗《ちさ》は重い足取りで家へ向かった。どうしようかと途方《とほう》にくれる。

クラスの男子に彼氏《かれし》の代役を頼《たの》んだとしても、すぐに見抜《みぬ》かれそうだ。

「何か理由をつけて遊園地へ行けなくなったって言おうかな……」

トボトボと歩く千紗《ちさ》の足に、古ぼけたチラシがしつこくまとわりついてくる。

「何これ。【彼氏風船《かれし》】？　膨《ふく》らませるだけで人間そっくりになる……？」

顔を上げ、思わずあたりを見渡《みわた》した。チラシには歯車のもようとともに『黄昏堂《たそがれどう》』と店名が書いてある。黄昏時《たそがれどき》の街角に、今まで見かけたことのない店があった。


「ありえないよね。いくらなんでも、人間そっくりの風船だなんて」

家に帰り、自分の部屋で【彼氏風船《かれし》】のパッケージを開けてみる。手のひらサイズの風船と、長い管《くだ》のついたハンドポンプが入っていた。

「えーと。一瞬《いっしゅん》で膨《ふく》らむけど、一度膨《ふく》らませるとそのままになっちゃうんだっけ」

翔太《しょうた》以上のイケメンかも……と思える若《わか》い店主が、千紗《ちさ》に説明した。「膨《ふく》らませた風船は本物の人間にしか見えませんから、取《と》り扱《あつか》いには十分気をつけてください」と。

「ま、とりあえず、膨《ふく》らませてみるか……」

風船の口に、空気入れの管《くだ》を差《さ》し込《こ》む。ハンドポンプを数回押《お》すと、風船は突然《とつぜん》膨《ふく》らんだ。魔法《まほう》でポン！　と飛び出してきたかのように、千紗《ちさ》の目の前に男子が現《あらわ》れる。

「うわぁー！　あなただれですかっ！」

あわてふためく千紗《ちさ》の前で、背《せ》の高い男子はやわらかく微笑《ほほえ》んだまま何もこたえない。あまりにも人間そっくりなので、千紗《ちさ》はしばしそれが風船であることを忘《わす》れた。なめらかな肌《はだ》、サラリとした髪《かみ》、整った目鼻立ち。風船は人間そっくりなだけではなく、前後左右どこから見ても非《ひ》の打ち所のない美形だった。首の後ろに小さく『KT《ケーティー》型《がた》』と印刷されているが、身に着けているオシャレな服まで本物にしか見えない。

ポカンとして、風船を持った手から力が抜《ぬ》ける。すると、風船男子はふんわりと浮《う》き上《あ》がっていった。まるで、無重力空間にいる宇宙飛行士《うちゅうひこうし》のように、ゆるやかに回転しながら。背中《せなか》が天井に着くと、頭と手足が自然に垂《た》れ下《さ》がる。物言わぬまま、おだやかに笑みをたたえている風船男子。

千紗《ちさ》は背伸《せの》びして風船の足をつかむと、下へ軽く引いた。重さは一切《いっさい》感じない。風船はゆったりと降《お》りてきて、足から着地した。

「シュールすぎる……。これが風船だなんて、ぜったいにだれも見抜《みぬ》けないよ」

千紗《ちさ》は風船男子を遊園地へ連れていこうと決め、その後のことを考えるのをやめた。


土曜日は快晴《かいせい》だった。遊園地へ向かう途中《とちゅう》、好奇《こうき》の目を向けた人はいたが、千紗《ちさ》が風船を連れているとバレたからではないようだ。あまりの美形男子と普通《ふつう》の女子高生が手をつないで歩いていることに興味《きょうみ》をもたれたらしい。

「しっかし、よくできてるなぁ。この風船」

空気の抵抗《ていこう》を受けると自然に手足が動くため、まるで歩いているように見えるのだ。ゆっくり歩けばゆっくりと、早歩きすれば早く動く。

親子連れやカップルでにぎわった遊園地に着くと、千紗《ちさ》は風船男子をベンチに座《すわ》らせて固定した。腰《こし》の両サイドにフックがついているのだ。隣《となり》に座《すわ》って風船男子と腕《うで》を組み、無理やり笑顔をつくってスマートフォンで自撮《じど》りをした。

「はー。写真で見ても人間にしか見えない。すごい。これがタダだなんて」

店主は代金が記憶《きおく》だと言ったが、特に忘《わす》れたこともないような気がするのでタダ同然だろう。千紗《ちさ》が触《ふ》れたガラス玉の中には、うすいグレーの光が高速で渦巻《うずま》いていたっけ。

スマートフォンから顔を上げた千紗《ちさ》は、「わぁっ」と大声を出した。目の前に翔太《しょうた》が立っていたからだ。あまりのおどろきに心臓《しんぞう》がバクバクと大きな音をたてている。

「し、翔太《しょうた》！　ど、ど、どうしてここに？」

「誘《さそ》われたから。彼女《かのじょ》に。紹介《しょうかい》するよ。友だちのアイナ」

翔太《しょうた》は以前見かけた子とはちがう女子を千紗《ちさ》に紹介《しょうかい》した。ものすごくかわいい子だ。

「はじめまして。アイナですっ。仲良くしてもらえたらうれしいですっ！」

千紗《ちさ》の心はペシャンコにつぶれた。翔太《しょうた》とアイナはさりげなく手をつないでいる。どう見てもただの友だちとは思えない。もしかして、翔太《しょうた》は浮気者《うわきもの》なのではないかと疑《うたぐ》っていた自分がバカだった。翔太《しょうた》は『正真正銘《しょうしんしょうめい》の』浮気者《うわきもの》だったのだ。

「初めまして、アイナさん。じゃ、私《わたし》、彼《かれ》とふたりで遊ぶからこれでっ！」

なんとかあいさつを返し、風船男子と腕組《うでぐ》みしたままぎくしゃくと立ち上がる。

(翔太《しょうた》、遊園地は嫌《いや》だって、私《わたし》とは一度も来たことなかったのに。あの子とは来るんだ)

涙《なみだ》がこぼれそうになり、空を見上げる。早く家へ帰って思いきり泣きたかった。トイレで風船の空気を抜《ぬ》いてしまおうと歩き出すと、なぜか翔太《しょうた》たちが後ろについてくる。

「ちょっと！　なんでついてくるの⁉」

「……そっちにジェットコースターがあるから。まさか、千紗《ちさ》も？」

「まさか？　どういう意味？　てか、私《わたし》たち、一緒《いっしょ》にあそこの女子トイレに行くんだよ」

「ふたりで一緒《いっしょ》に女子トイレ？　マジかよ……」

「ち、ち、ちがった！　えーと、トイレじゃなくてこの先にあるアトラクションに……」

トイレの先にはジェットコースターしかない。もはや引くに引けなくなってしまった。

すぐにでも帰りたい気持ちをこらえ、千紗《ちさ》は風船を連れてジェットコースターの列に並《なら》んだ。落《お》ち込《こ》むあまり、後ろに並《なら》んでいる翔太《しょうた》たちを振《ふ》り返《かえ》る気力もない。

順番が来て、千紗《ちさ》はジェットコースターに乗《の》り込《こ》んだ。偶然《ぐうぜん》、いちばん後ろの席になったので、翔太《しょうた》たちとは車両がちがうのがありがたい。千紗《ちさ》は風船が飛んでいかないよう、座《すわ》らせて安全ベルトをかけた。すぐにジェットコースターが走り出す。

あっというまにスピードが上がり、レールに乗ったジェットコースターが一回転する。乗客から笑い声や悲鳴があがった。ものすごい速さで景色が流れていく。

ハッとして横を見ると、風船男子が両手をまっすぐにあげてバンザイしていた。目にも止まらない速さで、その手をブンブンと振《ふ》っている。

「そうだった！　風を受けると手足が動くんだった！」

座席《ざせき》から浮《う》かび上《あ》がりそうになっている風船を、千紗《ちさ》はあわてて押《お》さえた。腰《こし》のフックを引っかける場所を探《さが》すが見つからない。やわらかい風船男子のイケメン顔は、猛烈《もうれつ》な風圧《ふうあつ》で衝撃《しょうげき》の変顔になっていた。

あまりの落差に、千紗《ちさ》はつい吹《ふ》き出《だ》してしまった。こらえようにも、こらえきれない。

「そんな顔やめて～！　あはははははは。わはははははははは」

千紗《ちさ》が脱力《だつりょく》したとたん、すさまじい風圧《ふうあつ》が、風船を座席《ざせき》からすぽっと抜《ぬ》いた。微笑《ほほえ》みながら、空高く飛んでいく風船男子。地上にいる人がそれを見つけ、悲鳴をあげる。

「大変だーっ！　だれかが遠くに飛ばされたぞーっ！　警備員《けいびいん》を呼《よ》べ！」

遊園地は、上を下への大騒《おおさわ》ぎになってしまった。千紗《ちさ》は警備員《けいびいん》に事情《じじょう》説明しようとしたが、うまく話を伝えられずにしどろもどろだ。救急車《きゅうきゅうしゃ》に、パトカーまでやってくる。

「か、彼《かれ》の名前ですか？　住所もないんです。人間そっくりですが、風船でして……」

要領《ようりょう》を得《え》ない説明など、だれも信じてくれるはずがない。千紗《ちさ》が途方《とほう》に暮《く》れていた時、人混《ひとご》みをかき分けて翔太《しょうた》がやってきた。警備員《けいびいん》に向かって、真剣《しんけん》な表情《ひょうじょう》で言う。

「彼女《かのじょ》の話は本当です。あれは、最近はやりの人間形《にんげんがた》風船なんです」

そう言って、翔太《しょうた》は隣《となり》に連れていたアイナの手を放した。すると彼女《かのじょ》はふんわりと浮《う》き上《あ》がり、風に乗ってゆるやかに回転しながら青い空の彼方《かなた》へ飛んでいった。

みんな、ポカンと口を開けて風船を見送っている。おどろいたのは千紗《ちさ》も同じだ。

「アイナちゃんも風船だったの？　でもあの子、しゃべったよ」

「昨日《きのう》の帰り、『黄昏堂《たそがれどう》』っていう奇妙《きみょう》な雑貨屋《ざっかや》で手に入れたんだ。千紗《ちさ》の風船はしゃべらなかった？　型《かた》がちがうのかな。俺《おれ》のは『I7《アイセブン》』。千紗《ちさ》の風船は襟《えり》もとに『KT《ケーティー》』って型番《かたばん》があった。ジェットコースターの列に並《なら》んでいる時に、気がついたんだ。変だと思ってた。千紗《ちさ》が進んでジェットコースターに乗るなんて。子どものころ、回転途中《とちゅう》でジェットコースターが止まって逆《さか》さづりになってから、トラウマだって言ってたろ？」

「えっ。そうだっけ？　翔太《しょうた》は遊園地が大嫌《だいきら》いで行きたくないって言ってたよね。小さいころ、遊園地好きのお母さんと妹さんにさんざん連れまわされて嫌《いや》になったって」

千紗《ちさ》はハッと気がついた。

「もしかして、それが風船の代金として抜《ぬ》き取《と》られた記憶《きおく》？」

「本当に記憶《きおく》が対価《たいか》だったんだな。千紗《ちさ》との思い出を抜《ぬ》き取《と》られなくてよかったよ……」

ホッとしたような翔太《しょうた》の表情《ひょうじょう》に、千紗《ちさ》の胸《むね》はキュンとした。あわてて気を引きしめる。

「私《わたし》も、翔太《しょうた》のことを忘《わす》れなくてよかった。でも、元には戻《もど》れないよ。だって、翔太《しょうた》が髪《かみ》の長いかわいい女の子と腕《うで》組《ぐ》みして歩いてるところや、きれいな女の人の黒い車に乗《の》り込《こ》むところを見たんだもん。もう、あんなふうに悲しい気持ちになるのはイヤ」

「それ、俺《おれ》の妹と母親だろ？　あいつら、昔からああやって強引に俺《おれ》を連れまわすんだ」

「ええ？　妹さんとお母さん⁉　言われてみれば雰囲気《ふんいき》がそっくりだった！」

「だから、グイグイくる女子が苦手なんだよ。千紗《ちさ》といるとホッとしていやされる」

すべてが腑《ふ》に落ちた。今までのことは、何もかも千紗《ちさ》の勘《かん》ちがいだったのだ。

「ごめんね、翔太《しょうた》。ひとりでヤキモキして空まわりして」

「俺《おれ》も同じだから。気になってここに来ないではいられなかった。アイツが千紗《ちさ》の新しい彼氏《かれし》じゃなくて、本当によかったよ。めちゃくちゃかっこいいんだもんな」

翔太《しょうた》が千紗《ちさ》を見つめて微笑《ほほえ》む。

「俺《おれ》たち、別れる理由はないだろ？　せっかく遊園地に来たんだし、遊んでいくか」

「私《わたし》、翔太《しょうた》と遊園地に来るのが夢《ゆめ》だったの。ジェットコースターにも乗れるしね」

翔太《しょうた》が千紗《ちさ》の手を取り、少し照れたように言う。

「風でどっか遠くに飛んでいかないように、一応《いちおう》な」

千紗《ちさ》は赤くなり、「うん」とうなずいて、翔太《しょうた》の手を握《にぎ》り返《かえ》した。

記《き》憶《おく》玉《だま》

微《かす》かな機械音が響《ひび》くうす暗い店の中で、低い天井から吊《つ》るされたいくつものガラス玉が不思議《ふしぎ》な光を放っている。店主は、熟《じゅく》した果実を収穫《しゅうかく》するようにガラス玉を手に取り、仕上がりを念入《ねんい》りにチェックしていた。

奇妙《きみょう》な形のゴーグルを通すと、ガラス玉の中に閉《と》じ込《こ》められたさまざまな記憶《きおく》を見ることができる。それはごく平凡《へいぼん》な日常《にちじょう》の様子であったり、事件《じけん》や犯罪《はんざい》の様子であったりした。

店主の肩《かた》にとまった真鍮《しんちゅう》の鳥が、ガラス玉をのぞき込《こ》み、きしむような声で鳴く。

「おまえの言うことはもっともだが、最高級の記憶玉《きおくだま》など、めったにつくれるものではない。私《わたし》が少し手を加えた程度《ていど》のガラクタが、どれほどの記憶《きおく》と交換《こうかん》できると思う?」

店主の言葉に鳥は不満そうな鳴き声をあげ、節《ふし》くれだった止まり木に飛《と》び移《うつ》ると、そ

こで乱暴《らんぼう》に羽繕《はづくろ》いをはじめた。金属《きんぞく》の羽が一枚《まい》、コトリと音を立てて床《ゆか》の上に落ちる。

店主はやれやれといった様子で羽を拾い上げると、鳥の赤い目を見て言った。

「おまえの言う通り、記憶玉《きおくだま》が高く売れれば、私《わたし》たちは早く元の場所へ帰れるかもしれないな。だが、私《わたし》は高価《こうか》な記憶玉《きおくだま》をつくるために、雑貨《ざっか》の価値《かち》以上の記憶《きおく》を客から黙《だま》って抜《ぬ》き取《と》るつもりはない。資金《しきん》をつくるには、まだまだ時間がかかるだろう。それまで、自分の体を大切に扱《あつか》ってもらいたいものだな。ここでは、同じ部品がなかなか手に入らないのだから」

その時、店のドアを叩《たた》く音が聞こえた。店主が入口を振《ふ》り返《かえ》ると、年老いた小柄《こがら》な女性《せい》がおずおずと入ってきて、深く頭を下げた。

「噂《うわさ》を聞いて、ようやく探《さが》し当《あ》てました。ここは、『黄昏堂《たそがれどう》』ですね？」

「その通りです。チラシの案内なしに、この店の場所を突《つ》き止《と》める方はめったにいらっしゃらないのですが。あなたは、よほど強い想《おも》いでここを探《さが》されたようですね」

雪のように白い髪《かみ》をした老女は硬《かた》い表情《ひょうじょう》でうなずいた。

「このお店では、記憶《きおく》のかわりに不思議《ふしぎ》な雑貨《ざっか》を売るのだと聞きました。人の運命を大きく変えるものも、手に入れることができるのだと。私《わたし》には、どうしても欲《ほ》しいものがあるのです。それが手に入るなら、私《わたし》の人生の記憶《きおく》すべてをお渡《わた》ししてもかまいません」

真鍮《しんちゅう》の鳥が興奮《こうふん》したように体を膨《ふく》らませ、止まり木の上でブルッと身震《みぶる》いする。

店主は鳥をたしなめ、老女の心を見定めるようにじっと見つめた。

「あなたの望みをお聞きする前に、支払《しはら》い能力《のうりょく》を確認《かくにん》させていただく必要があります。チラシが呼《よ》ぶお客なら、店の品に見合う記憶《きおく》があるかどうかある程度《ていど》はわかるのですが」

店主は老女の質素《しっそ》な身なりや、節《ふし》くれだった手に目をやり、考えながら言った。

「特に忘《わす》れられないできごとを、思いつくまま話してください」


佐江《さえ》の小さな双子《ふたご》の弟たちは、やんちゃで一時たりともじっとしていなかった。

小さなクリーニング屋を夫婦《ふうふ》で営《いとな》む両親は、仕事でいつも忙《いそが》しい。

六年生の佐江《さえ》の仕事は、食事の支度《したく》、家の掃除《そうじ》、そして双子《ふたご》の弟の世話だった。ひとりにズボンをはかせると、もうひとりが上着を脱《ぬ》いでいるし、ひとりがご飯を食べている横で、もうひとりがコップの水を畳《たたみ》にこぼすありさまだ。

「真一《しんいち》、英二《えいじ》、少しはじっとしてったら！」

「佐江《さえ》姉《ねえ》ちゃんが運動不足にならないようにしてあげてるんだよ」

「おかげで姉ちゃん、元気だろ？」

弟たちのかしこまった表情《ひょうじょう》に、佐江《さえ》はつい吹《ふ》き出《だ》してしまう。

「何言ってんの。早くご飯食べなさい。お父さんたちが疲《つか》れて帰ってくるよ」

底抜《そこぬ》けに明るい弟たちに、佐江《さえ》はいつも笑わされていた。貧《まず》しいながらも幸せな日々だった。その年の、暑い夏の夕方までは。

海に遊びに行った弟たちが帰ってこないことを心配していた佐江《さえ》の元へ、近所の男の子が血相《けっそう》を変えて走ってきた。涙《なみだ》をボロボロとこぼしている。

「佐江《さえ》ちゃん、大変だよ。真《しん》ちゃんと英《えい》ちゃんが、海で……！」

遠くを見つめ、老女が言った。

「たった七歳《さい》でした。ひとりの弟が先におぼれ、もうひとりの弟が助けようとしたそうです。私《わたし》は後悔《こうかい》に暮《く》れました。なぜ、自分がついていかなかったのか。弟をふたりで海に遊びに行かせたのかと」

「あなたのせいではないでしょう」

店主の言葉に、老女は弱々しく首を振《ふ》った。表情《ひょうじょう》が暗くかげる。

「一日たりともそのことを忘《わす》れたことはありません。両親の深い悲しみは、私《わたし》の責任《せきにん》。愛する息子をふたり同時に失った両親を、私《わたし》は一生そばで支《ささ》えようと思いました。私《わたし》の結婚《けっこん》が遅《おそ》くなったのは、両親の最期《さいご》をみとったからです。こんな私《わたし》でも好きになってくれる人がいて、両親が亡《な》くなってから数年後に、私《わたし》たちは結婚《けっこん》しました。式を挙げることもなく、小さなアパートではじまった暮《く》らしでしたが、私《わたし》たちは幸せでした……」

「佐江《さえ》ちゃん、俺《おれ》たち夫婦《ふうふ》で子どもを引き取ったらどうかな。幼《おさな》くして両親を失った女の子がいる。その子も俺《おれ》たちも、一緒《いっしょ》に幸せになれないだろうか？」

佐江《さえ》は夫、幸雄《ゆきお》の優《やさ》しさに涙《なみだ》ぐんだ。子どもを望むのが難《むずか》しい年齢《ねんれい》になっていた佐江《さえ》だが、母親になりたいという、口に出せない願いをもっていたのだ。

「もちろん、幸せになれますよ。思いやりのある、働き者のお父さんがいるんですから」

佐江《さえ》と幸雄《ゆきお》は身寄《みよ》りのない女の子を引き取り、いつくしんで育てた。ささやかだが幸せな日々。この幸せが続いていくのだと信じていた矢先に、突然《とつぜん》大きな不幸が襲《おそ》った。幸雄《ゆきお》が仕事先で事故《じこ》に遭《あ》い、帰らぬ人となったのだ。

佐江《さえ》はまたしても、愛する人を失った。だが、いつまでもふさいでいることはできなかった。女手ひとつで幼《おさな》い娘《むすめ》の美紀子《みきこ》を育てなくてはならなかったからだ。

老女は言った。

「それでも、苦労とは思いませんでした。娘《むすめ》は素直《すなお》で明るく、いつも私《わたし》を笑顔にさせてくれましたから。私《わたし》に甘《あま》えていた弟たちも、私《わたし》の結婚《けっこん》が遅《おそ》いことを心配していた両親も、私《わたし》をずっと支《ささ》えてくれた夫も、みんな私《わたし》に幸せをくれました。思い出すのは、日常《にちじょう》にあるささやかな風景です。家族が仲睦《なかむつ》まじく暮《く》らした小さな家や、あたたかいご飯、美しい夕焼けや澄《す》んだ朝の空気、降《ふ》るような星空。娘《むすめ》の花嫁姿《はなよめすがた》を見た時には、幸せで胸《むね》がいっぱいになりました。かわいい孫の瑞希《みずき》が生まれた時も、どれほどうれしかったことか。瑞希《みずき》は娘《むすめ》の小さなころにそっくりでした。明るく元気で、とても優《やさ》しい子です。一週間前に、十四歳《さい》になりました。元気に過《す》ごしていれば、春から二年生になっていたのです」

老女はそこで顔を上げ、苦しげな表情《ひょうじょう》で店主を見つめた。

「瑞希《みずき》は病院のベッドで、もう一年以上も眠《ねむ》り続《つづ》けています。私《わたし》の弟たちと同じ、水の事故《じこ》でした。命は助かったのですが、意識《いしき》が戻《もど》らないのです。医者は、瑞希《みずき》はこのまま一生、目覚めることはないと言います」

節《ふし》の目立つやせた手をすがるように合わせ、老女は店主に懇願《こんがん》した。

「他に、頼《たよ》れるところはありません。瑞希《みずき》が意識《いしき》を取《と》り戻《もど》し、本来の人生を送ることができるように、どうか助けてください。私《わたし》の娘《むすめ》は、弟たちを失った私《わたし》のように自分を責《せ》め、苦しんでいます。みんなに笑顔が戻《もど》るのなら、私《わたし》はなんでもします」

深い悲しみを背負《せお》った老女の細い肩《かた》が、微《かす》かに震《ふる》えている。店主は静かに言った。

「この店の中でも特別に貴重《きちょう》な品があります」

飾《かざ》り棚《だな》にある小箱を手に取り、販売台《はんばいだい》の上に置く。みがきあげられた真鍮《しんちゅう》の箱には繊《せん》細《さい》な装飾《そうしょく》が施《ほどこ》され、ふたには見たこともないような美しい石がはめ込《こ》まれていた。

「この箱には仕《し》掛《か》けがあり、中に納《おさ》めたものの鮮度《せんど》を永遠《えいえん》に保《たも》つことができるのです」

小箱の中にはガラスのように透《す》き通《とお》る、ごく小さなカプセルがあった。

「このカプセルには【目覚めの水】が入っています。体から抜《ぬ》け出《だ》した魂《たましい》を呼《よ》び戻《もど》す、特別な水です。口に含《ふく》めば、必ず意識《いしき》が戻《もど》り、意識を失う前の心や体が再《ふたた》びよみがえると言われています。ただし、本当の効果《こうか》はわかりません。【目覚めの水】は、ためすことができないほどに貴重《きちょう》で、それゆえに高価《こうか》なものなのです」

「私《わたし》が差し上げられるものは、このささやかな人生の記憶《きおく》だけしかありません。高価《こうか》な水を手に入れるほどの価値《かち》はないと思います。ですが……」

老女が言いかけた言葉を静かに遮《さえぎ》り、店主が小箱を差し出して言った。

「おゆずりしましょう。ただし、対価《たいか》はあなたがもつ記憶《きおく》のすべて。記憶《きおく》をもたないあなたは、廃人《はいじん》同様になってしまいます。それだけの覚悟《かくご》をおもちですか？」

老女はすぐにうなずいた。その表情《ひょうじょう》に迷《まよ》いはない。

止まり木の上で、鳥が落ち着きなく身じろぎする。

「私《わたし》はここまでで十分に幸せでした。悔《く》いはありません」

「いいでしょう。あなたのかわりに【目覚めの水】を、病院のお孫さんに届《とど》けることを約束します。ではこのガラス玉に手を触《ふ》れて、目を閉《と》じてください」

老女はうなずいて立ち上がり、店主が販売台《はんばいだい》の上に置いた透明《とうめい》なガラス玉に両手を触《ふ》れ、目を閉《と》じた。ガラス玉の中にさまざまな色の光が吸《す》い込《こ》まれ、ゆっくりと渦《うず》を巻《ま》く。やがて虹色《にじいろ》の光がガラス玉の中に満ち、美しく不思議《ふしぎ》な光を放ちはじめた。

「じゃあ、ここでね。明日また、学校で！」

瑞希《みずき》は一緒《いっしょ》に下校した友だちに手を振《ふ》り、公園の道路沿《どうろぞ》いにあるバス停《てい》のベンチに腰《こし》掛《か》けた。祖母《そぼ》が中学の入学祝いにと買ってくれた通学カバンを膝《ひざ》の上に乗せる。

「施設行《しせつい》きのバスは一時間に一本しかないから、椎名《しいな》くんに借りた本を読んで待ってい よう。夕飯はハンバーグをつくってくれるって、お母さん言ってたなー。楽しみ」

だれもいないと思ってひとりごとを言った瑞希《みずき》は、ふと自分の隣《となり》に若《わか》い男性《だんせい》が座《すわ》っていることに気づき、赤くなった。夕飯のおかずのことや、片想《かたおも》いしている隣《となり》の席の男子の名前まで口に出してしまったからだ。

白いシャツの上に黒っぽいトレンチコートを羽織《はお》った青年は、組んだ長い脚《あし》もとに、大きなトランクを無造作《むぞうさ》に置いていた。トランクの取っ手のあたりには、組み合わされた歯車のような飾《かざ》りがついている。

端正《たんせい》な横顔に思わず目を奪《うば》われていると、青年がふと瑞希《みずき》に顔を向けて言った。

「だれかのお見舞《みま》いに?」

突然《とつぜん》話しかけられ、瑞希《みずき》はますます赤くなった。はずかしさにうつむきながら、小声でこたえる。

「あの。祖母《そぼ》のお見舞《みま》いに……。施設《しせつ》に、大好きな祖母《そぼ》がいるんです。入院してから、ちょうど一年になります。私《わたし》が行くと喜《よろこ》んで笑うんです。何も記憶《きおく》がないのに」

青年は、うなずいた。

「よろしければ、その話を聞かせてもらえませんか？」

先をうながすように、瑞希《みずき》を見つめる。その表情《ひょうじょう》を見ていると、不思議《ふしぎ》な気持ちになった。前にも会ったことがあるような気がするのだ。青年の落ち着いた眼差《まなざ》しを、どこかで見たことはなかっただろうか。

「……祖母《そぼ》は、たぶん……。私《わたし》を助けてくれたんです。すごく奇妙《きみょう》な話に聞こえるかもしれないんですけど……」

瑞希《みずき》は、黙《だま》って耳をかたむける青年に、自分の身に起きたことを話しはじめた。

「一年前のことです。私《わたし》は長い眠《ねむ》りからふと目覚めました。目を開けて最初に見たのは、こんな色をした夕暮《ゆうぐ》れの光です。黄昏色《たそがれいろ》って言うんでしょうか。オレンジ色とピンク色がまざったような、不思議《ふしぎ》な色。ぼんやりとその光を見ていたら、だれかの声が聞こえました。瑞希《みずき》が目を覚ました、奇跡《きせき》が起こったって。泣いているのは母でした。私《わたし》は水の事故《じこ》で意識《いしき》を失ったまま、一年以上も病院のベッドに横たわって眠《ねむ》り続《つづ》けていたそうなんです。父もすぐに駆《か》けつけてきて、ベッドから体を起こした私《わたし》を見ておどろき、両親は泣いたり笑ったりしました。私《わたし》は不思議《ふしぎ》でたまりませんでした。ほんの少し前まで、友だちと海で遊んでいたのに、それが一年以上も前のことだったなんて。私《わたし》は、夜よく眠《ねむ》って朝目覚めたように、スッキリとした気分でした。みんなのこともハッキリと覚えていたし、体も普通《ふつう》に動かせます。それも奇跡《きせき》だって、お医者さんもおどろいていました」

青年がうなずく。瑞希《みずき》は悲しみをこらえてうつむいた。

「でも、おばあちゃんが。……祖母《そぼ》が、急に」

瑞希《みずき》が目覚めたその日、祖母《そぼ》は同じ病院の待合室に、ひとりでポツンと座《すわ》っていた。

どうしてそこにいたのか、何があったのかはだれにもわからない。

「祖母《そぼ》はすべての記《き》憶《おく》を失《な》くしていました。その日の朝まで、年齢《ねんれい》以上にしっかりとしていたってみんなは言います。その日に、きっと何かが起こったんです」

「何か、とは？」

青年に問われ、瑞希《みずき》は物思いにふけりながらこたえた。

「普通《ふつう》では考えられないような不思議《ふしぎ》なことです。小さなころから私《わたし》をかわいがってくれた祖母《そぼ》が、なんらかの形で私《わたし》を助けてくれたのだと信じています。私《わたし》が奇跡的《きせきてき》に目覚め、祖母《そぼ》が入《い》れ替《か》わるように記憶《きおく》を失った日、街に祖母《そぼ》がいるのを見たと言う人がいました。そのころ、奇妙《きみょう》な噂《うわさ》が流れていたそうなんです。黄昏時《たそがれどき》に現《あらわ》れる不思議《ふしぎ》な店を見つけることができたら、どんな願いも叶《かな》うって。そのかわり、記憶《きおく》を失ってしまうのだって」

「するとあなたは、おばあさんがその店を見つけ、自分の記憶《きおく》と引《ひ》き換《か》えにあなたを目覚めさせてくれたのだと、そう思うのですね？」

「はい」

瑞希《みずき》は小さくうなずいた。

「私《わたし》……。意識《いしき》が戻《もど》る前に夢《ゆめ》を見ていました。男の人がベッドの横に立ってこう言ったんです。取引が行《おこな》われた、きみは【目覚めの水】を手に入れたのだ、と。肩《かた》にとまった機械のような鳥が枕元《まくらもと》に飛んできて、私《わたし》の口の中に何か小さなものを入れました。ひんやりした液体《えきたい》が口の中に広がって、ハッとして目が覚めました。……その液体《えきたい》は、祖母《そぼ》が不思《ふし》議《ぎ》な店で手に入れてくれた特別なもの。【目覚めの水】なのだと信じています」

黄昏色《たそがれいろ》の光の中で、瑞希《みずき》は青年を見つめた。

「こんな話をしてごめんなさい。でも、なんだかあなたを知っている気がしたから。私《わたし》の夢《ゆめ》の中に出てきたあの人に、あなたがよく似《に》ているような気がして……」

「こんな黄昏時《たそがれどき》には、みんなどこかそんな気持ちになるものですよ」

そう言って微《かす》かに笑うと、青年は足元に置いたトランクから革製《かわせい》の箱を取り出し、瑞《みず》希《き》に見せた。

「話を聞かせてもらったお礼をしたい。どれかひとつ差し上げましょう」

そこに整然と並《なら》べられたガラス玉の美しさに、瑞希《みずき》は息をのんだ。それらは、今まで見たこともないような、不思議《ふしぎ》なかがやきを放っている。青年は瑞希《みずき》を見た。

「あなたが選んでください」

「これを、私《わたし》が……？　本当に、いいんですか……？」

ガラス玉には、ひとつひとつちがう美しさがある。だが、中でもひとつのガラス玉は特別な美しさに満ちていて、その光は瑞希《みずき》の心を強くとらえた。

「もしいただけるなら、これを」

瑞希《みずき》が選んだガラス玉を見て、青年は微《かす》かにうなずいた。

「これは乾《かわ》かすのに一年もかかった特別な品です。豊《ゆた》かな愛に満ちた長い人生の記憶《きおく》が詰《つ》まった、この上なく美しい作品です。私《わたし》の顧客《こきゃく》たちはこのけがれない光を味わうためなら、いくらでも支払《しはら》うことでしょう。――ですが、これはあなたを呼《よ》んだ」

美しい虹色《にじいろ》の光を放つガラス玉を瑞希《みずき》に手渡《てわた》す。

「この記憶玉《きおくだま》を、あなたのおばあさんのお見舞《みま》いに。ガラスの上についた小さな歯車をまわして取り、立ち上る光の煙《けむり》を吸《す》い込《こ》ませると、何か不思議《ふしぎ》なことが起こるかもしれない。たとえば、その人が失った記憶《きおく》がすべて蘇《よみがえ》るというような」

瑞希《みずき》はおどろき、言葉もなく青年を見つめた。

両掌《りょうてのひら》の中で、虹色《にじいろ》の光がひときわ美しくかがやいている。

青年は黒く美しい瞳《ひとみ》で瑞希《みずき》を見つめると、静かに言った。

「私《わたし》は気まぐれなのでね。気が変わらないうちに、受け取ったほうがいいですよ」

目の前に、施設《しせつ》行《い》きのバスが止まる。瑞希《みずき》は青年に何度も礼を言って立ち上がった。

「あの……。あなたはどこへ行くのですか？」

瑞希《みずき》が思わず尋《たず》ねると、青年はベンチに座《すわ》ったまま微笑《ほほえ》んでこたえた。

「気の向くまま、次の黄昏色《たそがれいろ》の街に」

どこからか真鍮《しんちゅう》の鳥が飛んできて、青年の肩《かた》にとまる。

バスのステップに足をかけた瑞希《みずき》は、思いきって振《ふ》り返《かえ》り、青年に声をかけた。

「やっぱりあなたは、あの時の……」

だが、そこにはもう、だれもいなかった。

エピローグ　epilogue

——ねえねえ、不思議《ふしぎ》な雑貨屋《ざっかや》の噂《うわさ》、聞いた？

——聞いた、聞いた。『黄昏堂《たそがれどう》』でしょ？　この街で最近見た人がいるんだって。

——マジ？　だれか行ったことある？

——遠い街の話だけど、俺《おれ》の兄貴《あにき》の友だちの隣町《となりまち》のいとこの彼女《かのじょ》の妹が……。

——出た出た、遠い知り合いのそのまた知り合い笑

——でもさ。本当らしいんだよ。【怪談《かいだん》スタンプラリー】ってのを手に入れたんだって。地図に透明《とうめい》シートを重ねると、心霊《しんれい》スポットが順番に浮《う》き上《あ》がるらしい。

——おもしろそうじゃん。あたしも欲《ほ》しい笑

——その子も友だちと三人で軽いノリで遊びはじめた。放課後の学校で。それきり、そ

ろって姿《すがた》を消した。
――ヤバ。永遠《えいえん》の心霊《しんれい》スポットめぐり？　笑
――それで、その子たちどうなったの？　まさか、そのまま……。
――リセットボタンを見つけて、無事戻《もど》ることができた。その三人はね。
――はいはい。つくり話、お疲《つか》れ。
――……本当だよ。あたし、そのマップを偶然《ぐうぜん》拾って、昨日《きのう》ひとりでためしたの。
――へー笑　で、今どこにいんの？
――わかんない……。暗いとこ……。どうやったらもとの世界に帰れるの……？
――迷子《まいご》登場笑
――俺《おれ》、ちょっと街で雑貨屋《ざっかや》探《さが》してくるわ。
――あたしも行きたい！　みんなで行こうよ！
――リセットボタンハドコ……？　カエリタイ。タスケテ……。タス……ケ……。
――ちょっと待てよ。さっきから気になってるんだけど。……おまえ、だれ？

● 著

桐谷 直

新潟県出身。児童書や学習参考書を中心に幅広いジャンルを執筆。不思議なテイストやミステリータッチの物語を得意とし、人気シリーズ『ラストで君は「まさか！」と言う』（PHP研究所）では、多くのショートショートや短編が収録された。本作『願いを叶える雑貨店　黄昏堂』は、著者初の連作短編集となる。

● イラスト

ふすい

イラストレーター。『青くて痛くて脆い』（KADOKAWA）や『青いスタートライン』（ポプラ社）等、数多くの書籍装画や挿絵を手掛ける。みずみずしく細部まで描き込まれた背景、光や透明感、空気感等、独特なタッチを特徴としている。
オフィシャルHP：https://fusuigraphics.tumblr.com

装丁・本文デザイン・DTP　根本綾子（Karon）
校正　みね工房
編集制作　株式会社童夢

5分間ノンストップショートストーリー
願いを叶《かな》える雑貨店　黄昏堂《たそがれどう》

2020年5月11日　第1版第1刷発行
2023年6月29日　第1版第6刷発行

著　者　桐谷 直
発行者　永田貴之
発行所　株式会社PHP研究所
東京本部　〒135-8137　江東区豊洲5-6-52
児童書出版部　TEL 03-3520-9635（編集）
普及部　TEL 03-3520-9630（販売）
京都本部　〒601-8411　京都市南区西九条北ノ内町11
PHP INTERFACE https://www.php.co.jp/
印刷所　凸版印刷株式会社
製本所　株式会社大進堂

ISBN978-4-569-78927-9

NDC913　191P　20cm